○当代藏族女作家散文自选丛书

白玛娜珍 著

再见日喀则

ZAIJIAN RIKAZE

青海人民出版社

图书在版编目（ＣＩＰ）数据

再见日喀则 / 白玛娜珍著 . -- 西宁 : 青海人民出
版社 , 2021.1
（当代藏族女作家散文自选丛书）
ISBN 978-7-225-06075-0

Ⅰ . ①再… Ⅱ . ①白… Ⅲ . ①散文集－中国－当代
Ⅳ . ① I267

中国版本图书馆 CIP 数据核字 (2020) 第 218903 号

当代藏族女作家散文自选丛书

再见日喀则

白玛娜珍　著

出　版　人	樊原成	
出版发行	青海人民出版社有限责任公司	
	西宁市五四西路 71 号　邮政编码 : 810023　电话 : (0971) 6143426 (总编室)	
发行热线	（0971）6143516 / 6137730	
网　　址	http://www.qhrmcbs.com	
印　　刷	陕西龙山海天艺术印务有限公司	
经　　销	新华书店	
开　　本	850 mm × 1168mm　1/32	
印　　张	8.375	
字　　数	200 千	
版　　次	2021 年 4 月第 1 版　2021 年 4 月第 1 次印刷	
书　　号	ISBN 978-7-225-06075-0	
定　　价	42.00 元	

目录

Contents

乘着大鹏金翅鸟的翅膀　　　　　　　002

幻听贡觉三重奏　　　　　　　　　　029

绝尘之境　　　　　　　　　　　　　063

梦中的山野　　　　　　　　　　　　077

秘门　　　　　　　　　　　　　　　087

皮鞭下的雕刻　　　　　　　　　　　101

求医遇见"佛"　　　　　　　　　　117

燃情岁月　　　　　　　　　　　　　131

生命的礼赞　　　　　　　　　　　　145

在生命的原乡　　　　　　　　　　　157

桃花盐　　　　　　　　　　　　　　171

西藏的玫瑰　　　　　　　　　　　　189

再见日喀则　　　　　　　　　　　　205

题记：

丁青，藏语意为"大台地"，古称"琼布"，即大鹏之子。隶属西藏自治区昌都市，地处西藏东北部、昌都市西部，他念他翁山麓；地理坐标为东经94° 39′ -96° 17′，北纬31° 01′ -32° 21′。东邻类乌齐县，西连那曲地区巴青县、索县，南与洛隆县、边坝县相接，北接青海省杂多县、囊谦县。

丁青县有藏东第一高峰、藏地最著名的本教圣山——布加雪山；有布托湖；有悬空而建的西藏最大的本教寺庙——孜珠寺。

孜珠寺位于西藏东部昌都地区丁青县著名的神山——孜珠山上，海拔4800米左右，是西藏海拔最高的寺院之一，也是雍仲本教最古老、最重要的寺院之一。孜珠寺始建于3000年前，由第二代藏王穆赤赞普倡导，大成就者第一世穆邦萨东大师创建并传承，至今已是第四十三世。

乘着大鹏金翅鸟的翅膀

——回归西藏古象雄文明宝地孜珠寺

1

漫天风雪，我们穿行在铜铸、铁塑般的山海中，仿佛被强大的磁场环抱着，越是临近丁青，越是感到有一种神秘的震慑力穿心过骨；而当晨曦刚刚照亮山峦之上的布托湖，只见湖面的白雪光芒绽放，恍如传说中大鹏金翅鸟遗落在山野中的琉璃真心……遥远的孜珠寺，这时，就要到了。

位于昌都境内的丁青县，藏语为"琼布"，意为"大鹏之子"。这里的地貌如一只从西向东、飞往横断山脉的"妙眼金翅"大鹏；展开的巨翅盘旋在东部类乌齐县，西边那曲地区巴青县、索县，南部洛隆、边坝县和北部青海省杂多、襄谦之内。藏东第一高峰、藏地最著名的雍仲本教神山布加雪山犹如鹏鸟头冠上璀璨的白羽；西藏雍仲本教最古老、最重要的寺院孜珠寺即是大鹏鸟驻守的圣殿。

圣殿孜珠寺位于丁青县沙贡乡沙贡村海拔 4800 米之上的孜珠山。"孜珠"意为"六座山峰"，那青铜色陡峭的造型各异的山峰突兀在天际，有的像腾飞的天龙，有的像在云海奔驰的雄狮，又像沉静的大象和威猛的大鹏鸟——雍仲本教经律中便把这六座奇峰称为"六道彼岩"，以象征代表雍仲本教六度万行中的布施、持戒、忍辱、精进、禅定、般若以及对众生的贪婪、愚痴、嗔怒、傲慢、嫉妒、邪见的对治之道。而在 3000 年前，在第二代藏王穆赤赞普倡导下，大成就者第一世穆邦萨东大师在如此高海拔和险要的峰峦之上选址建设孜珠寺，可谓雍仲本教最为奇峻的构思和创举。古人的智慧和胆略历经岁月的沧桑，以不可思议的恢宏和壮美，在奇峰、云海之上高高矗立着。

我们满怀期待，一路疾行，遥远的地平线，像是起伏在大鹏金翅鸟琼布的背脊之上。突然间，六峰突兀，犹如铜莲出海，又似群鹏展翅，而悬空的禅房在山峰之间像一场远古神话的远景，孜珠寺大佛殿的金顶在云蒸霞蔚中光照群山……我们所有的人，顿时惊愕得失去言语，沉浸在久久的感动中。

但当我们向着孜珠寺盘山而上，一场天葬，正在孜珠神山半山腰的石岩上开始。

天葬是藏民族独有的一种丧葬文化。据说起源于雍仲本教的生命观。史书《吐蕃王统世系明鉴》记载："自聂赤赞普至墀杰脱赞之间凡二十六代，均以本教护持国政。"另有《红史》记载：信仰雍仲本教的吐蕃第一代赞普和他以后的六个赞普，即历史上记载的"天墀七王"，完成人间事业之后，都按照雍仲本教的丧葬仪轨，先后通过兀鹫天葬，这就是藏地最初天葬的起源。雍仲本教认为，人死后，不灭的灵魂已往生，将遗体布施，是一种功德，能赎回生前食用动物肉等等罪孽。而兀鹫属于大型鸟类，一般栖息于高寒地带，它们翱翔于青藏高原的崇山峻岭之上，从不杀生，以食腐肉为生。传说它们得知自己寿命将终的那一刻，会飞向太阳，在太阳的白焰中自我燃烧；因此，秃鹫又被视为一种可以令亡者的灵魂获得升华的神鸟。

这天早上，孜珠神山的半山腰一块清冷的岩石旁，人们已送来了亡者，正在燃起桑烟，召唤秃鹫。一时间，成群的秃鹫飞来，有的落在野草间等候着，有的还在天空盘旋，有的已聚集在用于天葬的岩石旁。它们披着黑灰花色羽毛，双眼冷峻，喙如铁钩，又弯又长。天葬师分解好亡者，一声召唤，众秃鹫一拥而上，开始了它们的盛宴。

我们默默地继续向上盘行，来到山顶孜珠大佛殿前时，竟如临天界，回首一览，众山浩渺。但孜珠半山，仍可见天葬台上秃鹫扑扇着两米多长的巨大翅膀，跳跃在亡者的尸骨之上——死亡近在咫尺，孜珠寺如何壮美，也恍如海市蜃楼，而生与死、灵与肉，这永恒的追问，袭涌着我们的忧思。

也许，天界般、奇峰之上的孜珠寺里，丁真俄色仁波切自有深邃的洞见。相传，第 38 代赞普赤松德赞为巩固政权，将佛教引入藏地并逐渐颠覆雍仲本教时，曾有十位雍仲本教高僧带着本教最宝贵的 180 部经典悄然隐遁，来到了孜珠神山，发愿有一天这些经典能再度弘世，普济众生。而雍仲本教辛饶始祖在 3000 年前还曾有预言："当无量光佛像、左旋白法螺以及具格的贤者在孜珠山汇聚之际，孜珠山雍宗本教之法的火种将大放光芒，照亮世界……"按照这个预言，这一刻，现在应该是已经圆满了。

2

那是 1971 年 8 月的一天，传说丁青县觉恩乡的上空腾起了数道绚丽的彩虹，山谷中传来神秘的海螺声，萦绕大地，绵绵不绝；一户古老大鹏世系黄圣贤的家中，诞生了孜珠寺创建者穆邦萨东大师第 43 代转世丁真俄色，这位转世灵童从小面容洁白俊秀，眉宇间自在喜悦，稍长几岁后，越发显露出聪慧过人的天赋。一天，在放牧的山路上，走着走着，小孩捡到了一些散落在地的绛红色布，那时，小孩还没见过一位僧人。不知道这飘来的绛红的布，就是僧袍的颜色。他捧起布料，戴在脖子上，沉浸在莫名的欢喜中。

从那以后，小孩仰望远天时，脑海里经常会闪现一些很奇特的山峰，有时候也梦见奇峰之上险峻的山洞，终于，他 10 岁的那天，被认定为孜珠寺创建者穆邦萨东大师第 43 代转世灵童，法名丁真俄色。

当绛红色的法衣捧到面前，丁真俄色如梦初醒，随后他来到孜珠，举目远眺，见到的却是曾经梦中的景象：青铜般的突兀山峰，一座座山崖上的修行洞前，僧人们绛红色的僧袍随风飘扬……

即使如此，丁真俄色那时还是一位童心未泯的孩子。喜欢在泥土里打滚，漫山遍野追逐山羊，与野鹿赛跑，与野鸡玩耍。有时跑得连鞋底都没有了，但他的上师仁钦江参仁波切并不阻拦丁真俄色种种童年的游戏，只是慈爱地关注着他，不时善巧地引导他。

13岁那年，丁真俄色少年初成，变得有些心绪不定，忽而欢喜地玩耍，忽而心中生起忧虑和烦闷。他颇有兴致地观察着自己变幻中的心境，一天，终鼓起勇气，敲开上师仁钦江参的小屋，倾诉了内心的秘密。

仁钦江参上师的小屋就在孜珠山上，温馨而宁静。丁真俄色轻轻推门进去，只见仁钦江参上师盘坐在卡垫上，安详地念诵着经文。丁真俄色那颗少年不安的心，顿时被一股暖流萦绕，他走到上师跟前，对上师说：“最近一些日子，我心情时常不好，您帮我做一个加持的金刚结吧。”

仁钦江参上师慈爱地望着丁真俄色，微笑地答应着，一面请他坐下来，为他娓娓讲述一个又一个意味深长的故事。这些故事，令丁真俄色铭刻在心，后来撰写收入于法典《宝库》中。

也就是这一年，听完上师的开示，丁真俄色的心境豁然开朗，第二天一早，当他系上上师加持过的红色金刚结，那一刹那，他仿佛心如明镜，海浪般汹涌躁动的心情完全在上师慈悲的阳光下平息下来。于是，丁真俄色在上师仁钦江参法座前受戒，开始系统、精进地学习雍仲本教圣法。

在苦读雍仲经法期间，上师仁钦江参安排他前往藏北一个高海拔雍仲寺院学习因明学、逻辑学、哲学、禅修等。在漫长的思辨和学修中，藏北草原日夜大雪纷飞，天寒地冻，气温达到了零下二十多摄氏度。丁真俄色和同学们每天都要站在雪野里辩经学习，两个膝盖冻得每挪动一步都会发出"咔嚓咔嚓"的脆响，膝盖中间有冰碴一般；因为雪灾，物资无法运送过来，春天山坡上刚有点儿绿色，同学们就去挖野草、野菜吃。吃了一段时间，丁真俄色觉得自己的碗都变绿了，他常常在山坡上遥望飞翔的鹰，想念孜珠寺和上师，幻想老鹰能背上自己回一趟孜珠山。

这时，雪灾中，他生平第一次看到了直升机，当直升机飞过茫茫雪原，他和广大受灾牧民一起翘首祈祷，希望飞机能多投一些食物下来，因为牧民们几乎陷入绝境，什么可烧的都没有了，连挤牛奶的木桶都砍下来烧火了。还有牦牛帐篷，是由木桩支撑起来的，也一根一根取下拿去烧了——草原上白茫茫一片，除了白雪，都是牲畜冻死、饿死的白骨。

突如其来的雪灾和死亡，令丁真俄色感到生命是如此脆弱，他开始思考，什么才是生命中永恒和不可摧灭的。

从此，丁真俄色似乎看清了无常以及自己乘愿再来的伟大使命。在后来二十多年的勤奋苦修中，丁真俄色每分每秒全身心投入，即使睡觉也从不间断。他精通经律论，获得诸多实修的殊胜体证，继承了孜珠寺完整的大圆满法传承。而作为住持喇嘛，丁真俄色在民间广传雍仲经法，多方努力修缮孜珠寺，依靠信众修建了通往寺院的十三公里长的盘山公路和孜珠寺大殿，传承和完善了孜珠寺古老的辩经体系及大小五明的内明学院，又设立和恢复了学习基础知识的扎仓学院、建立信念的辩论学院和把所学知识用于实践的禅修学院。与此同时，丁真俄色坚持不懈地为社会弱势群体谋求援助，救助受灾百姓和失学儿童，在孜珠山收养孤寡老人，建立养老院、孤儿院、医院。如今，在丁真俄色和孜珠寺广大僧众的努力下，孜珠寺致力于众生和平安乐的弘法事业已享誉西藏内外；古老的雍仲圣法已走下神山，走到汉地，走向世界。正如雍仲本教辛饶圣祖预言，孜珠寺具格的贤者已然诞生，而曾经在历史劫难中遗失的无量光佛像、左旋白法螺这时也已回到孜珠寺。

3

据经书记载，一万年前，雍仲圣祖辛饶如来为了把因缘成熟的阿弥佛陀法传到西藏，来到本日神山降魔。众魔用尽手段却屡战屡败，绝望之际伤心落泪，雍仲圣祖辛饶如来见此情景悲心大恸，当即拔下自己的一颗牙齿，化作洁白无瑕的左旋海螺，吹出无比纯净温暖的法音，顿时，众魔止啼为笑，原本坚硬邪恶的心一刹那变得柔软而虔诚，跪倒在地，祈求皈依雍仲圣祖，发誓永远护持圣法，左旋的洁白法螺因此成为雍仲本教的法音和至宝。后来这只法螺被埋在本日神山，直到占巴南喀大师住世修法时重新开启。公元8世纪赤松德赞灭本，法螺被伏藏在南方的牛形岩石下。数百年后，它被辛赛·郭叠帕巴发现，并辗转至孜珠山。"文革"之后，丢失的法螺因神奇的因缘又从青海回归了孜珠山，孜珠山的另一件珍宝——无量光镏金佛像也回到了神山。

无量光镏金佛像是孜珠寺的镇寺之宝。它由本教圣尊辛饶如来亲自开光，在孜珠寺创立之初就来到了孜珠山。从雍仲初祖穆邦萨东大师起，这尊佛像大都留在孜珠仁波切的身边，随仁波切各地传法，代表辛饶如来当下予以加持。相传圣尊辛饶如来就是无量光佛的化身。本教雍仲圣法蒙难时期，此佛像流落民间，遇到灾荒，收藏佛像的人家不得已只得用佛像换粮求生，佛像以其精美绝伦迅速为他们换来了食物，一家人因此得救；之后，下一个收藏者再用佛像换粮，又使自己免于饿死。于是佛像走过一家又一家，在灾荒年里挽救了无数人的生命。

但孜珠寺的至尊三宝法螺、无量光佛和圣贤中，我们却迟迟不见现今享誉四方的圣贤：孜珠寺活佛丁真俄色。迎面而来的是一位堪布，他个子不高，但看上去体魄健壮而豪爽。与西藏佛教寺院一些优雅而庄严的高僧不同，这位堪布有些不修边幅，满脸蓄着胡子，敞着衣袍，胸前挂着两串念珠，他用力和我们握手，语速很快地一口气向我们介绍，自己叫次诚饶杰，今年60岁了，先后任孜珠寺内明院堪布和禅修院堪布。现在孜珠寺有格西30位、堪布4位，有300多位僧人。开办了内明、辩论、禅修3所学校，僧人在孜珠寺从内明开始修学到禅定，要学习雍仲本教187部显宗、密宗、大圆满经典。寺院在信众的帮助下，现还建有旅馆、商店等产业，收入已够供养僧人的一日三餐和简单生活。说着，次诚饶杰堪布迈步前行，要带我们去朝拜新修建的孜珠寺大殿。

刚一迈进高大宏伟的孜珠寺大殿，我们再次惊诧不已。难以想象在海拔 4800 米的高山上，还矗立着这样一所华丽、庄严的圣殿。上万卷雍仲本教大藏经整齐地收藏在圣殿四周玻璃面的藏经墙柜中，大理石地面光亮而一尘不染。一尊尊金铜合塑的圣像、灵塔等环绕大经堂，据说是内地信众供奉的一件件精美的彩绘木柜和古老铜器闪耀着岁月的灵光。

"这是丁真俄色仁波切的法座。"正当我们感慨不已时，堪布次诚饶杰洪亮的话语在耳畔响起。只见大殿正中精雕细刻、高高的法座上，一位眉目俊秀的尊者在大幅照片中，微笑着双眼光芒绽放。

"孜珠寺这所新殿，就是在丁真俄色仁波切弘法中，由西藏内外广大信众捐助修建的。虽然 3000 年来，孜珠寺累经灾荒、法难、战争和动乱，左旋和右旋的雍仲圣法却金刚不摧。尤其在孜珠寺，雍仲本教的法典、仪轨以及十二年一次的盛大神舞《极乐与地狱》等得到了完整的保护和继承。雍仲本教大圆满密法在孜珠寺得以永续和传承……"堪布次诚饶杰在丁真俄色活佛的法座前自豪地说。

"我们今天能拜见丁真俄色住持吗？"我问。

"这是我的法座。在开法会时，我会高高坐在这个法座上。"堪布次诚饶杰并不急于回答，而是来到大殿右边空着的法座前，神情坦然地说道。

我们笑了。因为通常，低调和谦虚被人们推崇。不过在格西索科撰写的《雍仲本教简介》中我曾读到：雍仲本教主要修持的是密宗与大圆满等。注重修习内心的觉悟圆满，多有高僧深居高山密林、长发及膝地修行甚深奥妙的殊胜密法。因此在平常人眼里，言谈举止比较粗率不拘小节。

我们举起相机给堪布次诚饶杰和他的法座合影。次诚饶杰对着相机像一位见多识广的长者，毫不拘泥。当然，一开始就听堪布次饶杰自我介绍，他是一位大学者、密宗大师。

"看，这是稀世大钹。"不等我们为他多拍几张留念照，堪布次诚饶杰已走在前面滔滔不绝地介绍道，"桑杰林巴大师曾被邀请去嘉绒传法，当地诸位土司在大师返藏时供养了许多法器，其中有明朝宣德皇帝御制的稀世大钹。返藏途中，大师发现法器太重，驴背被磨出了血，便心生慈悲，命人把法器统统扔进江里。随从大惑不解，心里直叹可惜。回到孜珠山后，一日，桑杰林巴大师对僧众说，泉眼里有东西在闪光。那时，在大师住所不远处有一泉眼，看似很浅，但无论怎样汲水也不会干涸。众僧跑去一看，泉水里闪光的竟是那些被丢入江中的法器，正一件一件地从水下冒上来。原来，桑杰林巴大师心痛驴背被磨破，请龙界帮助，用水把大量法器'运'上了山。"

我们仰望铜色大钹，一面点头聆听，一面想象着一双大钹相击的法音，堪布次诚饶杰已开始讲述另一个传奇了，"看，孜珠寺供奉着两个特别的舍利，是两块明显被手攥握得如同刀柄形状的石头。它们分别是孜珠寺600年前的罗丹宁布仁波切和300年前的桑吉林巴大师留下的法身舍利。罗丹宁布仁波切是600年前复兴本教的伟大上师，他的功绩非常多，例如为后世留下《祖师辛饶十二功绩》以及大批耳传经卷，复兴了孜珠寺和众多丁青的本教寺院——这块法身舍利，是罗丹宁布大师祈召天龙八部护佑孜珠寺复兴时，为了表明誓愿捏成的。'文革'时红卫兵将舍利的来历斥为迷信，认为是用泥巴伪造的，还用刀砍来证实。结果刀刃都毁了，舍利却只伤了一点点。"堪布看上去虽然性情爽朗，但很少露出笑颜。

"300年前的桑吉林巴仁波切也是雍仲本教著名的伏藏大师。他使孜珠寺得到空前发展，复兴了丁青以外的一大批雍仲本教寺院。并云游到汉地，曾得到康熙皇帝的礼敬。他留下的法身舍利与罗丹宁布大师的一样，是誓愿的法证。有缘得见法身舍利，如同得到了大师直接的祝福和加持。"

"嗯嗯！"黑色的法身舍利恍如闪耀着宇宙神秘之光，我们一面点头，一面恭敬顶礼。

"这是自语观音，"堪布次诚饶杰让我们靠近了仔细瞻仰，"三百年前的孜珠仁波切桑杰林巴大师，是雍仲本教历史上重要的伏藏大师和成就者，住世传法时即享有盛名。嘉绒土司请示康熙皇上批准，迎请桑杰林巴大师到嘉绒讲经传法。传说，大师赴嘉绒前，空行对大师说：贤者此行如能遇到一件圣物并带回孜珠山，将对度化众生有极大的好处。桑杰林巴大师到达嘉绒后，把雍仲本波经法传给了嘉绒信众，剃度三十多位誓愿专修的信众出家，使雍仲本波圣法在嘉绒得到极大弘扬，时至今日依然法教兴旺。大师在嘉绒的弘法成果卓著，而空行提到的圣物却一直没有遇到。大师将要离开的时候，嘉绒信众纷纷奉献供养。第一件供养是一尊观音像，大师手捧观音像对其顶礼时，观音像忽然开口说：圣者不必忧虑，度化众生的事交给我。于是这尊自语观音随大师回到了孜珠寺，加持每一位有缘来到孜珠山的众生；特别当去世的人们被送上孜珠山天葬台时，自语观音一定会出现在逝者身旁，加持他（她）免入恶趣，孜珠山作为观音道场的慈悲力量由此展现。"

不等我们驻留太久，堪布次诚饶杰又叫我们过去顶礼"生身舍利"。

乘着大鹏金翅鸟的翅膀

"孜珠寺自创建以来出现了数以百计的大成就者，他们在孜珠神山觉悟了缘起性空，证得了虹化之身。为实现大乘誓愿，普度众生，大成就者们留下不同形式的舍利以启发世人对无常的觉悟和解脱的信心。这颗舍利来自孜珠寺第一世仁波切穆邦萨东大师；这粒舍利来自300年前的孜珠仁波切桑杰林巴大师。看，还有这是桑杰林巴大师的顶骨舍利，在灵骨上显现出藏文字母'啊'，代表空性，所以这块顶骨反映了桑杰林巴大师证得空性的大成就。"

"可以拍照吗？"我们问。但堪布似乎来不及回答，他在佛殿里一刻不停地边走边给我们讲述着，像是要把3000多年雍仲本教的珍宝和历史文化在几个小时内全部灌入我们的脑子里。

"这是天铁佛像——天铁是西藏古代流传下来的一种奇异的金属，密度很大，极其稀少，在西藏，它是无比珍贵的护身符。孜珠寺供奉的天铁圣像更为奇特，传说圣像是自然形成而非人工刻画出来的，能保佑持有者刀枪不入。"

4

当我们在众多法宝的光照和堪布次诚饶杰激流般的阐述中有些恍惚和眩晕时，上百位学僧涌进了大经殿。

原来，孜珠寺七天一次的辩经考试要开始了。

几位身材高大的经师缓缓入座在前面左右两排，接受考试的两名学僧看上去稍有些紧张，坐在了大经殿中间临时搬来的卡垫上。其他各年级学僧迅速坐满了经殿里一排排长长的卡垫。

辩经考试在向法教圣祖顶礼、祈祷、供奉圣灯等庄严的仪式之后开始，接受考试的两位学僧前拉了根长长的绳子。堪布次诚饶杰和我们一起退到了经殿边上，堪布对我们说，那是一条界线，以防提问的学僧太激动，冲近被考的学僧。

辩经考试就要开始了，突然，堪布次诚饶杰大摇大摆穿过经殿，径直走到两位受考学生面前询问着什么，很多学僧见状都在笑他。看来他有些夸张的性情，大家都是知道的。

"一位28岁，叫多登扎西；一位21岁，叫美西旺布。他们俩分别是十二年级和五年级的学生。今天到场的100多个学僧都要轮番上场与他俩辩经。"堪布次诚饶杰转回来告诉我们时，已有五六个学僧一齐上场了，他们先退后几步，将右手上

乘着大鹏金翅鸟的翅膀

的念珠一甩，套到左臂上，再向前跨一大步，高高举起右手，用力拍下左手，响亮的击掌声中问题随之飞向座前的两位受考学僧。

我们站在一旁屏息观看着。据说辩经中，僧人们的每个动作都是有意义的，比如每次提问前要发出"底"字，那一声"底"是文殊菩萨心咒中"嗡阿热巴杂拉底"之音，意在祈请文殊菩萨加持和开启的智慧。高扬的右手象征文殊智慧在身后。二手相击，有三层正意：一为一个巴掌拍不响，世间一切都是众缘合和的产物；二为掌声代表无常，一切都稍纵即逝；三为以清脆的响声击醒心中的慈悲和智慧，趋走恶念。右手向下后又拉回，是希望通过自己内心的善念和智慧，把在苦难中的众生救出来。

两位考试的学僧稳坐正中，机智回答着提问，并以反问，试图驳倒众学僧。

但第二批、第三批学僧逐一上场了，提问越发激烈和尖锐，被考问的两个学僧情绪也激动起来，而还没轮到上场发问的学僧也蠢蠢欲动，有的坐在下面就击掌发起问来。坐在前排两旁的各位经师则微笑不语，似乎对学僧的答辩很满意。

我们身旁的次诚饶杰堪布却有些着急了，他忽而跑上考场，打断正在受考的两位学生，与他俩耳语；忽而跑到各位经师的座前，俯身问什么，但已经没人注意和笑他了，经殿里正群情激昂，辩论已进入高潮，提问的学僧一波一波涌上前，中间的绳子快被他们冲断了。

"他们所问所答，都是哲学、逻辑学范畴关于生命、物质的构成和起源等。"堪布次诚饶杰过来向我们介绍。

"走吧，这边一时还结束不了，我先带你们去各处朝拜。"我们正看得精彩，堪布次诚饶杰却要带我们去他的禅修学院。

从大经殿出来，阳光正好，云霞飘逸，堪布次诚饶杰快步走到前面，不等我们拍摄美景。

待我们气喘吁吁追上他的步伐时，他朝着更高的后山上，一个接一个经殿带我们朝拜，并一路向我们讲解："据当今考古学家对一些象藏文物的初步鉴定，认为目前最保守地也可以认定雍仲本教至少有5000年以上的悠久历史，是雪域青藏高原上土生土长、最古老的象藏本教文化。雍仲本教内部可分成九乘次第法门、四门五库法门、外内密之法门等共计84000种法门。在古象雄文字撰写的经书里有着详尽的记载。雍仲本教圣祖辛饶弥沃在古老经典中，还记录了冶炼各种金属和敲拢、裁缝、文字的书写等文化艺术。辛饶弥沃圣祖在奠定工巧明的

乘着大鹏金翅鸟的翅膀

基础上，开创了雍仲本教的理论体系。"说着，堪布次诚饶杰带我们跨进了一个小院子，里面稍大的房间里，有二十来位僧人在看经书。堪布次诚饶杰的脚步终于慢下来，背着手说："这些都是我的学生，这里是我的禅修学院。"

学僧们抬头看看堪布，并不和他说话。我看到其中有位学僧头发都花白了，但有一位戴着眼镜看上去却很年轻。

"喔，这位学僧叫赤诚达吉，77 岁了，已在我的禅修院学了八年了。那个叫雍仲坚赞，1984 年入寺，已学了 15 年，50 岁了。这位叫赤诚丁真，学了 16 年了；他 22 岁，刚学了两年。"堪布次诚饶杰一面说着，一个一个点名道姓毫不避讳。来到里间次诚饶杰堪布的经堂和卧室时，我小声吃惊地问他："禅修院学制是几年呀？怎么那么大年纪的僧人还没毕业？"

次诚饶杰堪布却要我看挂在墙上的一幅孜珠寺的唐卡地图，他说："雍仲本教在国内外恢复及新建了数百座寺院及大小修炼和闭关中心，遍及印度、尼泊尔、不丹、泰国、欧洲诸国、南北美洲。孜珠寺画幅中雍仲本教的象征由两个左旋右旋'卍'字符连接在一起组成。这个金绣雍仲铃记，表示'本'无变无灭，象征证得雍仲之藏及具十八文义。两端的雍仲符号，象征显密两宗，居中连接处的两朵莲花包象征无上大圆满。早在印度佛教传入藏地之前，雍仲本教大藏经里就有对此法义的多种解释。"说着，堪布次诚饶杰弯身从他矮木窄床前的藏式小桌上拿起小袋装的甘露丸送给我们。

"这是古象雄藏药丸吗？"我们这一问，堪布次诚饶杰再一次滔滔不绝起来："藏医学很可能源自古象雄本教，据尼玛丹增所撰《甘珠尔编目序言》说，《四部医典》中祈请仙人之名及医疗咒语均原封不动地保持了象雄美拉（雍仲本教药师佛）语。另外敦煌出土的《藏医针灸法残卷》中，也载有与中医不同灸法的针灸内容，如脑穴学、主治适应征及手法等。《残卷》的最末一段说：以上械治文书连王库中也没有，是集一切疗法之大成，加之吸收象雄深奥的疗法写成的。可见象雄医学早已糅和到藏医学中，只不过由于年代久远又缺少翔实的史料不容易分辨罢了。藏医在分析判断某一病症在病理上的远近诸种病因时，离不开卜算占卦，因此，在以五明学分类之医方明时，这种卜算占卦之术便收类于医方明之中。据本教典籍记载：辛饶弥沃为恰幸祖菲列加等人开示恰幸乘本教之法时，将卦（mo）、占（pra）、禳（gtobcos）、星算（rtsis）和医学（smandpyad）融合在一起，也鉴于此理。据本教文献记载，辛饶的 8 个儿子中，栖布赤西被认为是藏医学的始祖。《善缘项饰》记载：栖布赤西王子，受教于其父并发大心，掌握医疗术等本教诸法，贯通二万一千《疗方五部大续》大典，成就医药本师不二者，审编《疗方三十万》等。本教《无垢光辉经》中也提到《疗方五部大续》《九部大经》《八支秘诀》《小支二万一千》等由赤西王子和八大仙人保管。虽然西藏曾产生过如此众多而深广的医典，但实际保存至今的只有雍仲本教《甘珠尔》中的《甘露宝藏四本目》，即《根本医典蓝本目》《养生药典白本目》《疗方花本目》《治病黑本目》。此四本目乃雍仲本教《九部大经》中的《四个本目》。据考证，著名的藏医典籍《四部医典》亦根源于《疗方五部大续》，由藏传佛教宁玛派大译师贝若扎那译自雍仲本教之医典。至今藏语中的 warura（橄榄）、sletres（苦参）等药名仍用象雄语词。其他如卦、占、禳等方面的理论，后世著名的宁玛派学者米庞蒋扬嘉措曾进行过缜密的研究，并著有一本大部头的论著《象雄吉头》收入在德格版《米庞全集》中。这仅从一个侧面反映了雍仲本教文化对佛教文化的影响和渗透。这个甘露丸是一种法药，由上千种名贵药材集合炼制完成。你们可以早上空腹吃一粒，对身心健康很好。"

堪布次诚饶杰真是博学多识啊，我们一面小心收起珍贵的甘露丸，心里暗暗敬佩这位看似粗率实则充满智慧的大堪布。而孜珠寺有这样一批大修行者，把寺院各方面管理得有条不紊，丁真俄色活佛远行在外也可放心了吧。

堪布次诚饶杰走回教室，还没忘记我前面问他的，他当着学僧们的面说："他们什么时候学好了，什么时候才能毕业，没有时间限制，也可以永远在这里待着。"听了堪布的话，我们与学僧们面面相觑，很是尴尬。

"禅修学校通过禅坐观修，把之前所学所思修出来，使之逐渐融入自己的生活，变成自己的必然组成部分。禅修是雍仲教法修行最为深奥的部分，尤其孜珠寺修行的大圆满传承，普通人难以理解和想象。禅修是没有止境的，它是修行者终生的功课。"堪布次诚饶杰补充道。

那位 77 岁的老学僧抬眼看看堪布，又看看我们，什么都不说。但 22 岁眉目清秀的学僧盘坐在卡垫上，抬眼看我们时神情很矜持和谨慎。其他学僧既不对我们微笑，也不搭理堪布，似乎对我们如此的来访和堪布的介绍司空见惯了。

5

从堪布的禅修院出来，次诚饶杰堪布带我们来到一座两层的土楼前，恭敬地手心向上地说："这是丁真俄色仁波切的寝宫，他非常朴素，里面很简陋。也不让寺院修整，所有钱都用于寺院和学僧们……"

一路上，我们听到了关于丁真俄色活佛的各种传说，在网络上也看到了很多博客里写有他的事迹。在西藏内外如此知名的高僧，如今很是少有了。

"丁真俄色仁波切除了国家要求去开会的时间，全年基本都在孜珠寺工作。他现在去了北京，翻译雍仲本教大藏经。江苏、浙江一带，仁波切都去讲过学。"堪布次诚饶杰说起这些汉地城市名称时，抬起来的手指了东边又指南面，对那些遥远城市的方位似乎很是迷茫。他一定没去过内地吧？我笑着心里暗想。

山上烈日炎炎，身体强壮的次诚饶杰堪布带我们看过寺院干枯的水井，又向悬空的禅修房走去："冬天孜珠寺水井都干了，我们要到山下背水，来回要走十多公里。"

在孜珠寺山上的坪坝上行走都累得我们气喘吁吁，上下十多公里背水，真是难以想象啊。孜珠寺众僧吃水这样艰难，洗衣服、洗澡该怎么办？堪布穿着的人造毛绒红色外套的袖口、衣领和下摆上磨损并有一层黑垢，想来一个冬天都没水洗，更何况洗澡呢。

但当我们通过一段依着山崖修建的悬梯，来到山峰之间悬空的禅修房的屋顶，正在感叹古人绝妙的建筑思维和技术时，只见眼前云海苍茫，天地万象尽收眼底，那一刻，回望一切仿佛皆微不足道，只有一种永恒的、无限的爱，正从群山之巅飘扬而来……

6

环绕孜珠寺的转经路还有三圈，最长的一圈要转九个小时，中间的一圈转下来要三个小时，最短的一圈也得一小时。堪布见我们不再打算和他一起继续转山，脸上露出失望之色。山风吹起他粗旧的僧袍，他直直地站在山口，望着我们远去的背影，似乎若有所思，又似乎对孜珠寺的阐释还意犹未尽。

我们也有些失落。一是此行匆忙，没想到会有缘结识这样一位可爱可敬的堪布，堪布陪了我们一整天，我们却没有任何礼物可以送给他以表敬意；二是听说十二年一次的神舞法会，是孜珠寺最为隆重的佛门盛事。每逢鸡年，数以万计的朝圣者不辞跋涉之苦，华服盛装聚集在这海拔 4800 米的雪域圣寺，弘宣善法，祈福忏罪，殊情胜景，蔚为壮观。而最引人入胜的是法会期间上演的神舞剧《极乐与地狱》。僧侣会穿长袍、佩彩带，戴着各种面具扮演不同的角色。据说神舞剧是根据《桑阿林巴说阎罗十判善恶经》编排的。桑阿林巴是著名的伏藏大师，《桑阿林巴说阎罗十判善恶经》记载了大师一次中阴游历地狱的体验。后来大师将此经传给孜珠寺，并嘱托将以神舞形式表现出来度化众生。就此，我曾读到丁真俄色活佛令人深思的文字："神舞使我们发觉，无论今生与来世，可以坦然面对自己和他人。而没有自责和内心的恐惧便是极乐，内心的邪念与不可示人的自我折磨就是黑暗的地狱。"

当然，此行最令我们遗憾的还是没能见到丁真俄色活佛。我们不知道何时才能再来，听说丁真俄色活佛这一整年或者以后的多年都很难回寺了——2013年，国家首次启动了雍仲本教大藏经的汉译工程，这项工程将历时十年，解密雪域高原的古象雄文明，探源古象雄时期与古印度、古波斯、古希腊之间文明及文化互相影响、融合的历史。

精通汉藏及象雄文字的丁真俄色活佛，是雍仲本教圣法"译师传承"的八大成就者之一，将任该项目的主导译师。丁真俄色活佛曾撰文："雍仲本教大藏经中，关于地球的起源有着诸多阐述，例如，经书中记录地球是风的速度所带来的温度、湿度、黏合度以及黏合度所带来的土壤、宇宙分子积淀其中组合而成的……"

那么，云霞和奇峰之上的孜珠寺里，那古老的雍仲本教是否也是随地球风而来的一种宇宙讯息呢……

下山的道路宛如激流，遐思中，藏历四月十五的皓月照亮了布托湖，只见湖面上一夜消融的冰雪已春潮涌动，恍如变幻成了具有神秘能量的雍仲本教左旋、右旋着的善妙的"卐"字符。而今年，是布托湖和雍仲本教发源地玛旁雍措湖、纳木措湖等圣湖的本命羊年，沿袭古老的雍仲本教传统，藏地信众将在本年度朝拜所有羊年圣湖。转湖转山转佛塔的人们，将按照雍仲本教的传统，一路摇着转经筒，插风马旗、在山口煨桑、挂五彩经幡和刻嘛呢石、供奉朵玛、酥油花……

但愿我能有时间加入那吉祥而欢喜的人群。雍仲经书里曾说"世界本身就是一尊如意俱生的自然之塔"，在转山转湖转佛塔的朝圣路上，我们期待能乘着大鹏金翅鸟的翅膀，再返孜珠寺，寻觅藏地古老文化之慧光……

题记：

贡觉，藏语意为"佛地"，即"贡"佛在"觉"地定居。

贡觉县地处青藏高原东南，唐古拉山横断山脉北段，金沙江上游西岸。全境位于东经97°51'43″-98°58'53″，北纬30°11'58″-30°15'55″之间，东与四川白玉、巴塘两县隔江相望，南连芒康县，西邻察雅、昌都两县，北接江达县和川藏公路（国道317线）79公里，西至昌都254公里，至拉萨1374公里，东越金沙江、康定到成都1196公里。

贡觉地区，谷深峰高，丘原起伏，传说这里自古战乱交错，英雄与强盗辈出，而我们此行，在贡觉县、莫洛镇、莫洛村和林通村等地的采访中，仿佛幻见了贡觉境内怒江、金沙江、澜沧江三江交汇的重奏曲，一幕幕往事，在我记忆的水面上，碎波闪耀。

幻听贡觉三重奏

"喇嘛贡觉"成来巴久

1

贡觉，是藏语"佛法僧三宝"的简称，在民间，人们通常以"喇嘛贡觉"来形容真实不虚的人品。我的朋友中，有一位来自贡觉的唐卡画师成来巴久，他说话算话，敢作敢为，大家说起他，都会竖起大拇指夸赞他是一位"喇嘛贡觉"的实在人。

无巧不成书。来到贡觉的这天，我们一早上车，准备前往拉姆的妈妈家品尝贡觉特色小吃时，发现开车的布根师傅竟和成来巴久长得非常像。

"您认识在拉萨开办耶木塘唐卡学校的成来巴久吗？"我忍不住问。

"他是我表弟。"布根师傅肤色比成来巴久黑，高鼻梁，大个头，典型的贡觉男人的气质长相。

"真的？！"我们喜出望外，"成列巴久可是一个'喇嘛贡觉'热心人啊。"我们说。

"是吗？我表弟在贡觉可是出了名的调皮蛋啊！"布根师傅一面开车，一面笑道。

"怎么了？"我问，我们在拉萨认识的成来巴久可是一位温文尔雅的贡觉人，难道从前……在我们的再三盘问下，布根师傅终于讲述了成来巴久在贡觉发生的往事。

原来，成来巴久生于距离贡觉县一公里外的莫洛村。莫洛村美丽的山野和田园使他从小爱上了绘画，一有时间，就在绘画本上临摹天空的云朵、摇曳的青稞和田地里勤劳的农人。十八岁时，家人送他前往科青寺，皈依次夏喇嘛，并跟随次夏喇嘛学习唐卡绘画。

科青寺位于贡觉县哈加乡，是宁玛派传承的寺院，次夏喇嘛是家族第八代免萨派唐卡传承人。

"唐卡"系藏语，意指在布面和纸面绘制的卷轴图画以及以珍珠、刺绣、织锦、缂丝、提花、贴花和宝石缀制等绘制卷轴画。唐卡主要以金粉、银粉、朱砂、雄黄等矿物或植物颜料彩绘，另有纯黑色为底的勾金唐卡和以白银作底、以黑勾勒、敷以淡彩的银唐卡以及以纯金敷底，用朱砂勾勒，用"磨金法"绘制的唐卡等。其绘画技法主要依据造像度量经、教义标准等。西藏唐卡因各自的传承不同、绘画风格不同等派别众多。其中勉萨派的创始人为追古·曲英嘉措（亦称藏巴·曲英嘉措），17世纪初生于后藏日喀则谢通门县达那伦珠村，最初是扎什伦布寺的僧人，受业于四世班禅大师，后来成为四世班禅的专职画师。四世班禅扩建扎什伦布寺时，任命他负责设计制作壁画与塑像，因其才能服众，技艺出色，获大师（乌钦）称号。随后，受五世达赖喇嘛的赏识，担任布达拉宫等多处重要寺院的壁画和唐卡设计绘制，画才尽显，威望日隆，被尊称为扎什伦布寺天成匠师活佛（锁追古·曲英嘉措）。这期间，曲英嘉措大师系统继承格鲁派推崇的勉拉顿珠的绘画传统，吸收当时在技法上别开一面的噶赤和钦则画风的优点，包前孕后，创立了"勉萨派"风格。

勉萨派传承的造像，度量严格，色彩明快，人物造型修长

幻听责觉三重奏

灵动，以"兰叶描"勾勒衣饰线条；在其具有装饰性的山、石、树、云中最独特的是青绿山水渲染技法——层次丰富、细腻；富有钦则派特点的人物描写，毛发虚实变化，善于用灰色表现肌肤。

而成来巴久的老师、科青寺免萨派唐卡家族第八代传承人次夏喇嘛，是一位造型能力极强、写实技艺高超的唐卡大师。次夏喇嘛所绘人物形象特征具体可感，灵魂世界呼之欲出，笔法灵动传神。成来巴久在跟随次夏喇嘛学习唐卡绘画的时间里，如饥似渴，勤奋好学。美妙的画笔，使少年成来巴久似乎找到了自己的灵性得以驰骋的自由，在将虚无缥缈的神灵世界以真切可感的笔法绘制的时刻，他常常沉醉其中，忘记时间的流逝。几年后，成来巴久以自己出色的画技，成为次夏大师的得意门生，次夏大师多次派他前往拉萨、日喀则、昌都等地承接绘画壁画和唐卡的邀请。

唐卡绘画好比一种心灵的修持，让成来巴久变得安静而专注。然而，康巴人勇猛和喜好打抱不平的个性却一直潜伏在成列巴久的血液中。20世纪80年代初，发展经济的浪潮席卷西藏每一个地区，成来巴久正逢青春年华，除了绘画唐卡，他以敢闯敢干的康巴人的风范，在左贡县城开创了网吧、餐馆等，步入社会的他，在一次和三岩人相关的是非中，站出来面对黑手，身负重伤。这是第一次，之后他又在类似的事件中，为了帮助弱者而大打出手，从此，唐卡画师成列巴久的侠义敢为名扬贡觉县城。这时，家里从莫洛本村为成来巴久娶了一位秀美贤惠的妻子尼卓，尼卓为成来巴久生下三个孩子并全心孝敬成来巴久的老母亲，将家里的一切照料得井然有序。家庭的温暖使成来巴久深受感动，他想起次夏老师的教诲、母亲的期望，再回首几年来在贡觉县创业的经历，突然发愿要回归心灵，前往拉萨朝佛并开办唐卡学校。

2009 年，成来巴久雷厉风行，带着全部积蓄和全家老少，前往拉萨，办起耶木塘唐卡学校，全面招收来自昌都、日喀则、山南、拉萨等地的贫困辍学少年以及残疾青年和孤儿，食宿和学费全免。自己一面创作唐卡，一面当老师，妻子尼卓负责给学生们做饭和管理生活。到 2015 年，成来巴久创办的耶木塘唐卡学校已先后培养出 80 多个免萨派唐卡画师，自己的长子奇洛次仁在跟随父亲学习唐卡中也成长为耶木塘唐卡学校的优秀唐卡教师。同时，成来巴久的唐卡画作获得区内外多个奖项，在拉萨众多唐卡画师中脱颖而出。

"没想到您的表弟、知名唐卡画师成列巴久还有过打架的经历啊！"我感叹道。虽然早有耳闻昌都贡觉人桀骜不驯，但认识成列巴久画师多年，感受最多的，却是如他一般贡觉人的善良和热情。尤其在 2014 年，如果不是成来巴久的帮助，我们尼巴村三个失学少年怎能走出大山……

2

尼巴村地处昌都八宿县林卡乡远僻的狭长山谷中。村里东南面山腰上有一块半悬空的岩石，是全村的"电话石"，只有那里才有手机信号，通常要爬一个多小时才能到半山腰的岩石上打电话。每次高空、高难度"作业"，都令我目眩胆战。那天，为了联系成来巴久，我们再次上山，抵达"信号石"，朝着普隆村的方向，拨通了成来巴久的电话。电波在重叠的大山的缝隙中，穿过天边的晚霞，远远地送来成来巴久洪亮的问候："雅姆！"

"我们能送尼巴村贫困少年去您那里学唐卡吗？"我的话音刚落，就听到成来巴久的果断回答："送来吧，没问题！"

这么快尼巴村贫困少年桑吉群培就能实现梦想了？下山时，我和觉罗半信半疑，心里还是忐忑不安。

桑吉群培是尼巴村单身母亲次吉卓玛的儿子。家中十分贫困。2014 年 7 月，在尼巴村的收割季节，我和觉罗一早赶往次吉卓玛家的农田里帮她收青稞。

次吉卓玛家有三亩地，就在离村委会不远的那几块窄小的梯田里。我们走到时，桑吉群培和他的母亲次吉卓玛已经拔完了差不多两亩地的青稞。我们便帮他们捆扎切完了穗的青稞秸。第一次干这种农活，我捆扎的青稞秸，刚扎上又松开了。桑吉群培笑起来："阿佳，您不要干了，手会扎破的。"

桑吉群培满身满脸黑土，但笑起来两眼黑亮有神，很是英俊。

"小伙子，你没想过学点儿什么技术吗？"我抱起一摞青稞，感觉自己一转眼也已变成一个"泥巴人"了。

"我想学绘画！"桑吉群培腼腆地答道。

"你会画画吗？你上过学吗？"我吃惊地问。

"我在八宿县读过小学一年级，"桑吉群培低头小声说，"我会画柜子和墙。"

"太好了，你想去拉萨学唐卡吗？学成后就可以帮妈妈和家里了……"我脱口而出，心里马上想到了被朋友们夸赞的"喇嘛贡觉"唐卡画师成来巴久。

少年的眼里像燃起了无数的星星，他连连点头，我不由暗自担心，成来巴久会同意吗？尼巴村这么远，桑吉群培家一无所有，到了拉萨，一切可得拜托成来巴久全面负责啊！

但没想到那天上山打电话时，成来巴久那么爽快地就答应了。然而出发之际，雨季来了，听说从尼巴村去往八宿县的山路已多处塌方。这晚，桑吉群培顶着瓢泼大雨，又带村里的另一个少年洛松尼扎来到我们的住处，"阿佳，尼扎也想去拉萨学画唐卡，他可以和我一起去吗？"

我不敢答应，也不好拒绝，第二天再次上山打电话询问成来巴久，得到的回答却和第一次一样爽快："两个就两个，送来吧，没问题！"

成来巴久在拉萨办的耶木塘唐卡学校所有开销都靠他自己画唐卡、卖唐卡来维持。加上自己还在读书的两个孩子，成来巴久自家的生活也十分艰辛。

"阿佳，我们明天一早就骑摩托车去八宿吧！"两个少年听到成来巴久的承诺，热切的期待窗外的闪电一般猛烈。

第二天天刚蒙蒙亮，摩托车声像一阵滚雷，由远及近，桑吉群培和洛松尼扎来了。我们忙背上背包下至一层，我心里有些恐惧。山路崎岖，我们这是在冒险啊！

然而拉萨耶木塘唐卡学校仿佛在召唤，两位少年一天都不肯多等，驾驶着摩托在陡峭的山路飞驰着，万丈悬崖就在眼底，雨后松软的泥石路像泥塘，摩托车的两个轱辘在泥塘和乱石里拐来拐去。一直上山的陡坡加大马力骑行几分钟就得应对一个急拐弯，我紧张得手心出汗浑身打颤，心"咚咚"直跳，心里不停地念诵着祈求平安的度母经，脑海里不断闪现摩托车飞下山崖，我们粉身碎骨的情景……

"群培，骑慢点儿，再慢点儿，我心脏不好呀！"我声音颤抖地对群培说。我们已驶入临近色巴的高山林区，少年洛松尼扎已经落在后面不见踪影。积水更多了，山上冲落下来很多石头和朽木，桑吉群培放慢速度小心绕行着，就要翻过又一座大山时，在一洼泥水里，摩托车的两个轮子一打滑车身翻了！我惊叫着，在即将滚落悬崖的那一瞬，桑吉群培急刹车把脚插进泥水，用尽全身力气支撑住了摩托车。他的鞋子、裤子、满身满脸溅得全是泥浆，我的头发和衣服上也是。我从摩托车上下来，有点儿站不稳，双腿发软，我有点儿不敢再坐摩托车了。桑吉群培笑着安慰我："阿佳，没事的，很快到八宿县了，到八宿县您帮我们办好手续，我们就自己坐客车去拉萨找成来巴久老师！"

群培说到成来巴久时，语调突然拔高，像是抑制不住内心

幻听视觉三重奏

的喜悦，我却倒吸了一口凉气。成来巴久似乎已成为尼巴少年人生路上的一盏明灯，但我们如此冒险翻山越岭去找他，孩子们真的能如愿以偿，学好唐卡吗——

五个多小时后，我们终于到了林卡乡。从摩托车上下来，我头晕乎乎的，有一种虚脱的感觉。去拉萨，竟如此艰难遥远啊。我暗暗发誓再也不坐摩托车进出尼巴村了。这时，远远地，洛松尼扎载着我的另一位同事也到了。那位同事吓得脸色蜡黄，吃饭时手还在抖，有点儿端不住碗，他说他们的摩托车好几次也险些掉下悬崖。说着，他郑重宣告，他再也不坐摩托了。我连连点头表示赞同。

在林卡乡和八宿县，我们用两天时间帮两个少年办完了相关手续，我们把那些盖有红章子的证明小心给两个孩子装好，送两个孩子坐上前往拉萨的长途客车，终于如释重负。接下来，就看他们和成来巴久的缘分了。我们打算再也不麻烦成来巴久，也不再冒险出山，送另外的孩子去拉萨学唐卡了。

但一个月、两个月，拉萨传来的喜讯不断，成来巴久在我们每次担心的询问中，总是格外喜悦地夸奖两个少年，终于快接近半年时，电话里再次传来成来巴久洪亮的声音："他们学习非常好，特别是群培，简直是天才，我肯定，不出几年，他就会学成优秀的唐卡画师！"

成来巴久的话语令我们眩晕。尼巴村里就要诞生天才唐卡画师了！但消息一传出，没想到在尼巴村里引来了一场家庭风波。

3

记得那天下午，我从村下上来，看到白玛赤列三兄弟正在自家新修筑的楼顶夯土墙，在夕阳的照耀下，三弟兄美如古希腊雕塑。

"请等等！"米朗大声喊着，扔下夯土的木杖，飞跑下来。

"请帮我去拉萨成来巴久老师那里学唐卡好吗？拜托了！我从小就喜欢绘画。"

米朗有十八岁了，一头乌黑的卷发，很像欧洲文艺复兴美术作品中的古典美男子；家里已给他的哥哥向巴娶了媳妇，生了两个儿子，就等米朗成年后共建和睦大家庭。

"这——"我犹豫着。

"听说成来巴久老师也是昌都人，是贡觉人，他会答应收我的。"米朗知道的还不少，还强调说成来巴久是贡觉人，这也是理由？！

但成来巴久唐卡学校已经有十多个来自穷困山区的孩子了，我们不能再给他增加负担了！

正想着，米朗的母亲扎西次吉出来了。

"进家里喝茶吧。"新盖的房子一层已封顶，米朗全家八口全住在里面。

"下个月盖完房子可以让我小儿子跟你们一起回拉萨学唐卡吗？"我们跟着扎西次吉大姐刚进到屋里坐下，她一面倒茶一面问。

"小儿子？不是二儿子米朗要去吗？"他们家儿媳妇坐在地上筛青稞，非常清秀漂亮。

"家里决定还是让小儿子去。"

"要不，两个都去吧？"我试探地说。

扎西大姐笑容勉强地支支吾吾起来。

这天回到村里天已经黑了，突然听到一阵摩托车响，是米朗来了。

"我想去学画画，你们能帮我和家里说说吗？"他大步跨上楼，来到我们的办公室，脸色看得出很是沮丧。

"我给你妈妈说了，你们兄弟一起去都可以的。"我安慰他。

米朗沉默不语。

"你有绘画基础，应该去的。"看见米朗失落的样子，我也心软了，"我们会给你家人好好说的，但要先给成来巴久老师打电话征求同意。"

第二天，我们就上山去打电话了。成来巴久一口答应了两兄弟都去拉萨找他学唐卡。但我还是很担心，拉萨这些年物价飞涨，单是学生们全年的口粮，就是一笔很大的开销啊！听说成来巴久的母亲和哥哥在老家贡觉莫洛村也不过是普通农民，无力从经济上帮助他，他在拉萨办唐卡学校免费收录那么多穷苦孩子，怎么承受得了？！

米朗这时闻讯载着他妈妈来到楼下。扎西大姐拿来的却是小儿子白玛赤列的户口。米朗低垂着头，气愤地小声对母亲说道："骗子！骗子！说好是我去的！"

望着争执的母子俩，我不知所措。但没有时间再等了，我们就要离开尼巴村了，短短的日头令我们每天都变得十分忙碌，白玛赤列和米朗究竟谁跟我们去拉萨学唐卡，也只好听天由命了。

2014年，我们在尼巴村的最后一晚，我仔细收拾着每一样东西，扎西大姐和米朗、白玛赤列从下村全部赶来了。母子三人为了去拉萨学唐卡的事，久久争执，冲动之中，米朗冲下楼，骑着摩托车跑了。据说那晚他没有回家，连夜骑摩托车跑到了

幻听贡觉三重奏

八宿县。

八宿县离尼巴村有一百多公里路，悬崖峭壁，山石陡坡，米朗在那么黑的夜一个人骑摩托车万一出什么事——我心里直发颤，但我知道，从偏远的尼巴村去拉萨学习，这对村里每个渴望求知的少年而言，都是宁愿豁出性命也要尝试的梦想。

我们还是按照扎西大姐的安排，只带白玛赤列一人来到耶木塘唐卡学校。

"不是说两个孩子吗？怎么就带来一个？"成来巴久一见我就问。

听我说完缘由，成来巴久长长地叹息着。原来，从小在昌都山区长大的成来巴久，深知走出大山的不易，他懂得这些穷苦少年的心，所以帮助贫困少年自立自强，是成来巴久来拉萨开办耶木塘唐卡学校最大的心愿。

"如果还有孩子想来，一定告诉我！"又高又壮的成来巴久，充满温情地抱着自家的猫说。说完，又提起家里的狗在脸上蹭。

"哇，这个表面粗犷的贡觉人，对猫猫狗狗还真多情哈！"我暗暗想。

这时，群培和尼扎出现在门口，他们长得又白又胖，拿来新近的画作给我们看，看到他们的变化，听着成来巴久真诚的承诺，我不由感叹道："成来巴久真不愧为一位喇嘛贡觉之人啊！"

那时起，我就有了一个愿望，希望有一天，能去成来巴久的故乡，看一看被称为"佛法僧三宝圣地"的贡觉，是怎样养育出成来巴久一般善良而具有胆识的康巴汉子的……

母亲的炊烟和强盗的美食

1

进入贡觉，是从百姓家升起的袅袅炊烟开始。那天，当我们随贡觉姑娘斯朗拉姆行至距离贡觉县三公里外的莫洛镇林通村，一片美丽的田园风光出现在眼前。

"看，那就是我家，妈妈已在家等候你们。"

远远望去，田野间一栋栋民居，红木白墙，像一匹匹待发的红色骏马，又像散落在绿野里的红玛瑙。时逢正午，民居升起的袅袅炊烟，好像母亲温柔的歌曲，召唤着归家的游子。

"我从小就是在这个村庄里长大的。"斯朗拉姆现在是贡觉县公务员，说话间，美丽的眼睛里光芒闪耀，充满了对乡村、童年的思恋。

"我妈妈要做贡觉小吃招待你们。"斯朗拉姆加快脚步，咽了口口水，"我也很久没吃过妈妈做的'德古'了。"

走进绿树掩映的小村庄，我们来到一幢二层的民居楼下，斯朗拉姆朝楼上叫了几声，一位和蔼的中年妇女探出头来。

"快请上楼来！"中年妇女热情地对我们笑道。

推开一扇"吱嘎"作响的木门，我也仿佛听到了来自自己童年的声音，那时，拉萨的民居和斯朗拉姆家的一样，大门都是用厚重的木板制作的。门上镶着铜雕的装饰，画着月亮和太阳……

走进斯朗拉姆家的小院，右墙边整齐码放着的干牛粪饼，在阳光中散发着淡淡的青草味。靠门口的左边是一个牲口圈，圈养着几头黑白奶牛和两头小黑猪。

我们上到二层，斯朗拉姆的母亲已迎候在楼梯口。她的身后是一个温暖的玻璃阳台，种满了花，还有一个巨大的牛皮转经筒，就在玻璃阳台的正中。

"这是我妈妈卓嘎。"我们一面随阿妈卓嘎进屋，一面以拉萨的习俗向她问好："阿妈卓嘎啦，扎西德勒！"话音刚落，屋里火炉上升起的炊烟，带着草原和森林的气息迎面扑来。

"听说远方的客人要来，我正准备做德古招待你们呢。"阿妈卓嘎笑吟吟地说着，给我们斟满了酥油茶。

德古，藏语意为"豆糕"，是用黑色小扁豆磨制成粉末后加工制作的一种贡觉地区特有的小吃。相传吐蕃时期贡觉县有位统治者叫方达律巴，有一年，贡觉遭受自然灾害，粮食歉收，达律巴下令把扁豆磨成面粉，在锅里煮熟当作稀粥给灾民充饥。由于天气寒冷，盛到最后时，锅里的豆粥凉透凝成了块，但灾民依然吃得津津有味，达律王心生疑惑。等灾民散去，他见锅底还有几块残留，就随手舀来品尝，没想"豆糕"滑爽美味，令他格外欣喜。于是他立刻叫人再熬好一锅，放至第二天一早冷冻成糕时，一个人连吃几碗，从此德古豆糕闻名遐迩，成为贡觉地区的名小吃。

2

德古小吃的传奇历史，让我们心生好奇，一心想看美食的整个制作过程。卓嘎大妈点着头，一面答应着，一面仔细给我们解释。她先带我们来到家里的粮仓，打开一个手工制作、藤条勒制的木桶，舀出满满一不锈钢盆的黑色小扁豆。然后在一个较现代化的电动打磨机里磨成粉，等到火炉上铁锅里的水沸时，左手朝锅里均匀地撒放扁豆粉，右手握着一根三叉木棍不停地搅动。渐渐地，扁豆粉和沸水在阿妈卓嘎啦的笑容里融合。如此一般，一面撒入扁豆粉，一面搅动，大约十分钟后，锅里已熬制出香味四溢的扁豆粥了。

阿妈卓嘎啦把扁豆粥盛到不锈钢盘中，放到屋外散热，让我们耐心等待。

"这种扁豆一般是野生的，营养价值很高，但人工种植产量很低，妈妈说一年能吃三次以上德古还能延年益寿。"斯朗拉姆说着，忍不住跑出去好几次看扁豆糕是否凉了。

等了差不多三十分钟，"德古"终于冷却凝结成块了。我们急不可耐地端起各自的小盘子，学着斯朗拉姆拿起勺子在盘子里将"德古"划分成四块，再浇上新鲜的酸奶，哇，含在口中像奶冻，吃着浓稠可口，滑爽又有弹性，不由佩服起当年达律王的发现。而看似简单的德古小吃，也许因为王者抚民的善行，因为百姓疾苦中获得的那份温暖，才有了如今的滋味。今天，当我们遍行昌都，随斯朗拉姆回返家园，阿妈卓嘎啦和女儿斯朗拉姆母女俩亲昵叙旧，一面熬制出的扁豆糕里，更是多了一分乡村的甜美和亲情。

"听说左贡三岩一带，过去很多强盗会拦截茶马古道上的商贩，经常出没在山区，他们肯定没福气吃这么美味的贡觉小吃吧？"我们连吃了好几盘，一面问。

"是啊，他们的生活里没有炊烟，没有家，不过强盗也自有一种美食叫阿多吉，制作方法也很特别，现在过年过节还有人家做来吃，很美味。"阿妈卓嘎笑道。

"我们今天能尝到三岩强盗流传下来的美食阿多吉吗？"我们贪心地问。

三岩位于贡觉东部，金沙江上游两岸。旧时广义的三岩地区包括金沙江两岸的今贡觉三岩、四川白玉县部分地区以及周边四川巴塘、西藏芒康和江达沿江部分乡村。这一地区的社会形态与其他藏族地区全然不同，被学术界定名为"原始父系制残余"，关于这一族群的来源，有人在江对岸的白玉山岩作考察时提出，这里有"象雄王朝穹氏的后裔"、"阿里古格觉达布的后裔"、"吐蕃贵族噶氏的后裔"、"萨玛王朝的后裔"、氐羌南下与土著结合等等之说。

贡觉三岩一带传说旧时是全藏最远僻之地，非强悍者不能存活，因此男人如不会打劫，就会被视为无能。以"病死为辱，刀死为荣"为座右铭。"三岩"在藏语中，因多有强盗出

幻听贡觉三重奏

没，又意为"嫌恶之地"。传说三岩强盗曾在驻藏大臣的地盘上抢劫了德格头领们的财物，并将乾隆帝赐给达赖喇嘛的茶包、人马一并劫掠。朝廷一时震怒，藏汉满蒙军队联合发兵，清朝乾隆帝亲点，却进剿三岩未果。后光绪二十三年（1897）四川总督鹿传霖派兵攻打三岩，但因三岩人强山险，未能深入，反提银四万两与之，又割巴塘土司蒋工之地相送，名曰：保路钱，饬保大道不出劫案，嗣后不惟劫案迭出。清政府恼羞成怒，再次用兵征讨三岩，却无功而返；光绪二十三年（1887）前后，川、滇、藏边务大臣赵尔丰曾三剿三岩，但都屡屡受折。直到清末宣统二年（1910），赵尔丰才联合德格土司攻克三岩，并改土归流，1912 年三岩地区设置武城县，设委员一名负责管理全县事务，划为巴安府（今巴塘县），由此揭开了三岩一段"王化"的历史，三岩地区的名声由此传遍整个藏地。但关于三岩强盗的美食，我们还是第一次听说。

"邻居索勇家会做阿多吉，斯朗拉姆，你带两位客人去问问？"卓嘎阿妈建议。我们连连点头，忙起身赶去。

索勇家的房子和阿妈卓嘎家的很相似，院外拴着一只好看的长毛藏狮子狗，一见我们就狂吠起来。我们吓得连忙跑上楼，迎面看见一个小孩，扎着小马尾，双眼透着英武之气，光脚骑在木凳子上当马鞍，突然一个跟头被"烈马"甩下来，仰面摔在了地上。

"哎呀，小心！"我们跑上去扶时，小家伙一点儿也不哭，已经再次翻身上马，那架势要挑战和征服烈马一般。

"小家伙是男孩还是？"我们疑惑地问。

"男孩，男孩。今年三岁了，从出生到现在，还没有理过胎发。"一位中年男子上前抱起男孩说，"他叫土登诺布，是我的孙子。"

"您就是会做阿多吉的索勇？"我一面问，看到土登诺布穿着开裆裤，在索勇怀里乱蹬，想要挣脱，果然是个勇猛的男孩啊！我心想，三岩曾经以抢劫和复仇为荣的康巴男子，小时候恐怕也像眼前这个土登诺布一样不安分和顽皮吧？

"索勇大叔，您知道三岩的阿多吉怎么做吗？我们家的两位客人想了解。"斯朗拉姆问道。

窗外飘起小雨，天色阴霾，索勇望着我们，微皱双眉，像是陷入了回忆。

原来，阿多吉的美味，并不因三岩劫匪烹饪技术高明。曾经的三岩偏远穷僻，土地贫瘠，资源匮乏，为了生存，只有靠男人们外出打劫以维持生计。但劫匪有自己的原则，通常劫富不欺贫，埋伏在交通要道，打劫过往的商队。也时常偷袭邻近村庄里的富裕人家，抢劫牛羊。为了充饥，劫匪宰杀牛羊后，在野外搭起三灶石烧茶煮肉。其中，牛肚非常硬且难以煮熟，劫匪便捡来白色鹅卵石，在火里烧红后，把牛肚刨开，放入牛肚，再将牛肚绑起来，十来分钟后，以石炙熟，就可以吃了，既有肉香，又有烧烤的味道，这种吃法，现已在贡觉地区广泛流传，成了过年过节时的一道美食。

我们虽没有品尝到阿多吉的美味，心里却沉甸甸的。历史沧桑，一道流传已久的美食，原来诞自荒郊野岭，没有阿妈的炊烟，没有家的温暖，那些抢劫和复仇的男子汉，大口吃着阿多吉时，心一定曾为贫苦的故乡而流泪。

细雨霏霏，索勇带我们来到村里的河畔，捡起烫炙强盗美食"阿多吉"所用的白色鹅卵石，一面为我们唱起当年三岩劫匪的强盗歌：

我骑在马上无忧无愁，

宝座上的头人可曾享受？

我漂泊无定浪迹天涯，

蓝天下大地是我的家。

我两袖清风从不痛苦，

早跟财神爷交上朋友；

从不计较命长命短，

世上没有什么可以留恋。

岩石山洞是我的住所，

不用学拉扯帐篷；

凶猛野牛是我的家畜，

不必拴牛养羊在家门口。

独自喝惯了大碗酒，

对头人从不会用敬语；

独自吃惯了大块肉，

从不会用指甲扯肉丝。

我虽不是喇嘛和头人，

谁的宝座都想去坐坐；

我虽不是高飞的大鹏鸟，

哪有高山就想歇歇脚。

我侠义从不想找靠山，

双柄长枪为我壮胆，

快马长刀是我的伙伴。

我从不愿拜头人，

高高蓝天是我的主宰，

我从不去点香火，

太阳月亮是我的保护神

……

苍凉而豪迈的歌声，随着刺骨的雪水飘向远方，在激流之岸，三岩人曾经的生活已如一段传奇，消失在时间之外。

达律王千年后裔

1

阳光像白色飞羽，在贡觉县莫洛镇莫洛村无声地轻翔着，令村庄沉浸在辽远的梦中，我们走过田野，那所1000多年前，达律王的白色宫殿，仿佛在时光逆流中迎面而来——

据贡觉民间流传，贡觉地区著名的达律王，曾在吐蕃时期被赞普封王，统治贡觉一带，成为政教首领，拥有领属百姓1900多户，并在如今的莫洛村修建起达律王府。吐蕃王朝瓦解之后，达律王族的地位也随之受到冲击。但因已有的财力和势力以及与教派的结合，仍在贡觉割据一方。直到元朝时期，才逐渐演变为一个部落首领。相传在藏历第四饶迥木兔年(1225)，八思巴到康区时还曾专程拜访达律王府。达律王族为迎接八思巴的到来，在王府中为其修建了一座经殿，以供其传法和修行。八思巴大师来到达律王府，与当时的达律部落首领成为知己，八思巴在经殿里特意绘制精美的壁画以作留念，并与当时达律王族的恰拿多吉、巴藏卜等在达律王府举行了盛大的法事活动。临走时，八思巴特意将自己的妹妹阿乃卓玛许配给了达律王。

明朝期间，达律王族的势力日渐减弱，未能受到明朝政府的重用。清朝后期，达律王族的后代逐渐演变为贡觉的阿卡定本。"定"，藏语意为"小部落"或"村寨"，"本"意为"官"。"定本"合起来就是小部落头人或者村长。

我们来到莫洛村时，达律王府虽在，王府里达律王的后裔，只是贡觉县的普通农民了。漫长的风云突变中，达律王的后裔还在，还住在千年"王府"中，这可谓一个奇迹。我们不由仔细打量眼前的"宫殿"：还好，还没有完全坍塌。外墙还可见千年风雨的沧桑——这时，达律王府古老的大门开了，一线光从门里透出来，我们看见一位中年妇女，五官端正，气质贤淑，原来她是现如今达律王族第十六代后裔的妻子松拉。虽是普通农民的女儿，但嫁给达律王族千年后裔的松拉，带我们走进幽深、昏暗的古宅时，背影也变得神秘而孤影绰绰。

穿过一段凹凸不平、遍地干草的牲口棚，达律王府内曾经的石阶出现在眼前。松拉拖着长袍，举起蜡烛，在摇曳的烛光中，我们看到岁月的尘埃，已把层层石阶淹没。我们小心地拾级而上，一种庞大的寂静在四周扩散；历史的沧桑从残破的墙缝里透来，令我们肃然惊心。我们屏息跟在松拉后面，一面听着自己的心跳，一面听到松拉的话语撞击到古宅的角落，再落回到

再风日喀则

黄土中："据说过去进到王府之前，先要在这里煨桑。"

石阶口，果然有一个方形的煨桑石炉像是一口窗户，嵌在石土墙中，已被桑烟熏得乌黑了。门口，应该还有侍卫吧？凶悍但并不高大，因为如今看来，通向王府二层的门楣很是低矮。

低头进门，眼前突然一亮。原来二层是一个大客厅，采光很好，达律王族的后裔们，活生生地就在里面！男主人次仁旺久面色萎黄，身材矮小，在用餐；女儿十六七岁，笑容灿烂，见有陌生人进来，很是顽皮地躲在柱子后面偷看我们。

"其他人去挖虫草了。"松拉热情地给我们斟茶时，次仁旺久并不言语，只是对我们笑笑。

"我们有三个孩子。"松拉望一眼次仁旺久，回头对我们说，"大女儿次仁拉姆，现在在西藏大学旅游系外语学院学习英汉翻译专业，儿子其洛次仁在家务农，小女儿索兰拉真在昌都读中学。"松拉说着，指指躲在柱子后面笑的女孩。

"达律王族唯一的儿子没去上学？"我们吃了一惊。

松拉有些凄凉地笑了："什么达律王呀，只剩一所快要坍塌的破房子了。"她抚摸着女儿索兰拉真的头发说，"孩子的父亲是普通农民，家里就一个儿子，就让他辍学了，我们这里的习俗是要留一个儿子在家。"

"可是——"话到嘴边，我没说出口，的确，过去的一切已成为历史。

"曾经为八思巴修建的佛堂还没有坍塌吧？"我们小心问。毕竟，环顾四周，如今的达律后裔可谓一介贫民，怎堪历史的重负。

"在，只是快要坍塌了，我带你们去看看。"见我们对达律王族的历史知道一二，松拉显得很高兴，进屋拿来古旧的钥匙，又找来一把手电筒。这时，松拉的丈夫次仁旺久只是默默望着我们，友好地笑笑。一双透着病容的眼睛，像是盛满了沧桑。

达律王府的房子结构很是复杂。佛堂需要下到半二层，打开门，只见几根陈旧的梁柱，支撑着空空荡荡光线昏暗的旧屋子，有几处屋顶已可见坍塌迹象，而八思巴曾经绘画的壁画已完全脱落，不留痕迹。

"佛堂里的佛像和文物，达律家的一位喇嘛，全部收藏起来了，这里只留下这个法台。"松拉说着，我们看到空空的佛堂里还燃着一盏酥油灯，看来达律家族的后裔并没有完全忘记过去。

"您的丈夫和孩子们知道达律王族曾经的故事吗？"

松拉点点头："听公公和丈夫讲过，但孩子们不知道。"说着，她又问，"去下面的牢房看看吧？"

我们随松拉走过一段奇怪的窄径，下到底层另一个黑漆漆的矮屋内，什么也看不见。松拉打开手电筒，轻声告诉我们："传说达律王曾以美酒宴请心怀叵测、暗中想要谋反的一群官员，等他们喝得酩酊大醉时，就把他们引到这间牢房里，再扔进去一捆刀剑。不一会儿，里面的人就开始自相残杀，如此，达律王稳坐江山。"

松拉的故事无从考证，但她用手电筒照着牢房里的柱子，要我们看上面的血手印时，借着依稀的光线，我们似乎真的看到了千年前，在这间牢房里刀枪撞击、垂死挣扎时，留在粗大的柱子上的血手指印。一股寒气逼来，血腥与屠杀仿佛在黑暗中即将重现。松拉却很淡定，她伸出自己的五指，贴在木柱的血印上，说："看，那时人的手好大！"

我们凑近了看，一时间刀光剑影恍若闪电般来到眼前，牢房里的每个柱子上，都留有血手印。

权力总是被血腥浸染啊。如此想着，我们正欲离开这个兽性毕露的现场，松拉的手电照亮了屋子最深处的一个角落，那里立放着一个完整的马头。松拉说："传说那是达律王坐骑上的马头。"

幻听觉三重奏

达律王的坐骑据说是白色的，旋风一般迅速和敏捷。达律王死后，白马也逝，族人留下马头，以做纪念。望着黑暗牢房里双眼紧闭的马头，我们不由浮想联翩，这匹马儿的头颅还在，那么达律王的尸骨是否像人们传说的，真的化作了巨蟒，在漆漆黑夜，会环绕达律王府旋转呢……

2

千年历史已无从寻踪，但有一点可以推断：达律王族当时在贡觉地区，并非一个彻头彻尾的暴君。他推崇佛教，安抚灾民。否则，在具有复仇传统的贡觉地区，他的后裔可能早已死于刀下。贡觉地区曾流传有这么一句话："女孩十三岁嫁人，男孩十三岁杀人。"这种历史遗留的仇杀陋习，在风云跌宕的岁月中，很难有人幸免。因此，达律王的后裔至今还能延续血脉，世代留守在达律王府，应该是祖辈并没有与众人结仇。昔日的达律王，以此推论，也应该不是一位骄横跋扈的暴君。

楼上有人在喊我们。原来，不言不语的次仁旺久在我们走后，叫人去找来了在附近山上挖虫草的儿子其洛次仁。

看上去十七八岁的其洛次仁目光炯炯，可谓英俊少年。虽经过十六代岁月的演变，但少年的身上，依稀可见从容、无畏的王族气质。

跟着少年一起来的还有一位喇嘛，据说是孩子们的舅舅。一时间，我们站在千年达律王府昔日的客厅里，开始了一场关于少年其洛次仁是否应该复学的讨论。

"主要是父亲不让我读书，说家里只有我一个男孩子，要承担家庭的担子。我自己很想读书。"

其洛次仁说话时，松拉慈爱地望着儿子，点头表示同意，又拿来在西藏大学读书的女儿的照片给我们看。

照片里的女孩格外靓丽，真不敢相信是从这所偏远、残破的房屋里走出去的。

讨论没有结果，松拉又带我们去看达律王府曾经的厨房。

厨房顶上的层层油烟，是 1000 多年以来留下的。松拉说话时，其洛次仁跟进来，指着厨房里的那些黑陶罐说："那些也是祖父们用过的。"

听到其洛次仁说到自己的祖辈，我不由回头仔细端详他。少年的确有一种特殊的气质，真该走出乡村去读书啊。当然，留下来，在莫洛村这片水土的养育中，为王族传宗接代，也是很沉重的现实。而这些孩子，达律王族的后裔们千年不变留守于曾经的达律王府，这在整个中国应该是独一无二的。这本身就是对历史的一种贡献；但眼前，曾经的炊烟已变成屋顶的层层化石，王府院外，王者曾经上马的石阶也已残破，王府前方的三岔路口上，王者的尸骨早已掩埋于乱石坟茔之下。只有阳光静止如昨，只有耳畔幻幻升起贡觉三重奏，达律王府千年佛堂里飘来那支幻幻的佛音：

一身复现刹尘身

一尘中有尘数刹

一一毛端三世海

十方尘刹诸毛端

而莲花不着水

日月不住空

生生际必死

积积际必尽

合合久必分

堆堆际必倒

高高际必坠

无常寿命如水泡

余生短暂如西影

善恶业果亦不虚

唯有念诵六字明

嗡嘛呢叭咪吽

嗡嘛呢叭咪吽

嗡嘛呢叭咪吽

……

题记：

八宿县位于西藏自治区东部，昌都市东南部，地处怒江上游，县城所在地白马镇海拔3260米。地理坐标为东经96°23′-97°28′，北纬29°40′-31°01′。东邻左贡县、察雅县，南与察隅县接壤，西靠洛隆县、林芝地区波密县，北连昌都市卡若区、类乌齐县。全县幅员面积12564.28平方公里，县境南北长210公里，东西宽80公里，辖4镇10乡，全县总人口37158。

本文采写的然乌湖和来古冰川，就位于八宿县境内。距离八宿县城西南90公里，国道318线沿湖边而过。

然乌湖是雅鲁藏布江支流帕隆藏布的主要源头。湖面积22平方公里，蓄水量1.4亿立方米，海拔3850米。然乌湖分上、中、下三段，上段康沙以上称为安贡湖，面积约6平方公里，中下段从康沙到然乌村，是然乌湖的主体，面积16平方公里。整个湖面呈河道形，总长29公里，平均宽度为0.8公里，周长60公里，湖的北面就是来古冰川，冰川延伸到湖边，每当冰雪融化时，雪水便注入湖中，保证了然乌湖充分的水源。

绝尘之境

——漫游然乌湖和来古冰川

1

"然乌"，意为"山羊的乳汁"。穿过漫天雨雪，来到然乌湖畔时，雪山的倒影在雪湖中涟漪，我们仿佛身处壮美的水墨画之中，不由如痴如醉。这时，雨雪打湿了我们的头发，风儿带着冰雪的微笑，从湖心袭来。那一刻，在然乌湖的怀抱，我们的内心突然像是盛满了幸福；而那幸福，一如然乌湖一般清纯悠远——

"我真希望发展旅游业时不要在然乌湖畔置入水泥。"从小在然乌湖畔长大的康巴汉子斯朗群培忽然自言自语地说，"湖畔的草甸那么美，而水泥很丑陋和冰冷。”

斯朗群培是然乌湖畔瓦巴村的村长，身材高大，气质粗犷。远眺雨雪迷蒙的然乌湖时，他的神情变得格外温柔：“我们从小在然乌湖畔放牧，常睡在湖畔绿丝绒毯一般柔美的草甸上，听牛羊舔着青草，眼望远天的朵朵白云……”说着，斯朗群培指着前方的雪山轻摇腰身，在身后画出一个袅娜的弧形，“看，从山上飞下来的湖水，就像金翅鸟迤逦的尾羽，传说那座山是金翅鸟的头，然乌湖是金翅鸟的尾羽幻变的。”斯朗群培满怀柔情的声音令我们吃惊。

“不能盖高楼大厦，不能铺水泥破坏湖畔的草甸……”

我们连连点头，一面回望然乌湖，听到湖水和飞禽两相呼应，听到湖畔瓦巴村里，人们在酥油灯前轻声为然乌湖唱起的赞美诗……

2

然乌湖位于 318 国道旁昌都地区八宿县境内西南角，距离县城白马镇约 90 公里的然乌镇，面积为 22 平方公里，湖面的海拔高度为 3850 米。长 29 公里，宽平均不到 1 公里，水深不超过 6 米，呈狭长条形。湖水飘逸，的确像极了金翅鸟的尾羽。

然乌是堰塞湖。湖的西南是岗日嘎布雪山，正南有阿扎贡拉冰川，东北方向有伯舒拉岭。四周雪山的冰雪融水构成了然乌湖主要的补给水源，所以湖水矿化度很低，每升水仅含盐 0.3 克，属淡水湖；并向西倾泻形成西藏著名河流雅鲁藏布江重要支流帕隆藏布的上源之一。近年来，然乌湖的美丽景色吸引了众多游客，成为发展旅游业的一大亮点。

"你看那边湖畔要修停车场，我们希望不要铺水泥，想办法保护草甸。"漫天雨雪令然乌湖犹如绝尘的诗境，斯朗群培一面带我们转湖，还在格外担忧地说。

"湖中间的那个小岛，就是龙王岛。"顺着斯朗群培的手指望去，只见缥缈的湖水中间，有一方绿树环绕的岛屿，面积不大，却静如禅意中的大德高僧。而湖畔细沙如银，一条古老的木筏搁浅在沙滩。我们站上木筏轻摇古桨时，仿佛看见瓦巴村的先祖夏季载着牦牛、骡马过岸，去到湖对面的山上放牧；而每逢藏历十五，瓦巴村民盛装出发，前往"龙王岛"隆重敬贡龙神。传说时逢干旱少雨之际，仁慈的龙王听闻瓦巴村民的祈祷，很快会天降甘露，润泽然乌湖畔的田野。因此，从古至今，瓦巴村的庄稼年年丰收，风调雨顺。为了感恩，瓦巴村民时刻不忘顶礼然乌湖，将然乌湖和龙王岛上的一草一木以及一切生灵奉为神灵。

听斯朗群培说在然乌湖旁的大山上，还有一个秘境"拉姆玉措"，即绿松石仙女。不等风停雨住，我们迫不及待地上山了。

大山潮湿而葱郁，我们一行拾级而上，半个多小时后，翻过山顶，只见峡谷中，一片年轻的松林环绕着一潭静默的湖，湖水在天光中变幻着颜色，忽而碧如松石，忽而轻泛涟漪，像仙女挽起沙丽，依风回眸——

在那东山顶上

升起洁白的月亮

玛吉阿妈的面容

浮现在我的心上

……

雪花纷飞，拉姆玉措在飞雪的簇拥中，明丽如一轮皎月，仿佛示现着六世达赖喇嘛仓央嘉措的诗之境。我们心驰神往，不顾峡谷松林里深及膝盖的积雪，扑向拉姆玉措。

但拉姆玉措晶莹剔透，似悬于天崖。我们先后扑倒在积雪中，也难以靠近。斯朗群培躺在积雪的深坑里，开怀地笑着，似乎猜透了拉姆玉措的游戏。原来，我们得下到峡谷，绕道拉姆玉措的对岸，才能一览湖色。

甘美的雪花、空灵的湖色山谷，把我们一个个变成了冰雪仙子。当我们终于来到拉姆玉措的身旁，清冽的湖水里，松柏和雪峰的倒影犹如湖层叠的秘门，又如绿松石仙女浅藏的心绪；我们在湖畔流连忘返，梦想着在仙境般的峡谷里搭建一所覆满白雪的小木屋，日夜伴随着绿松石仙女——人生的酣畅在那时，如雪花般绽开，世间什么能比。

4

当然，瓦巴村民年年岁岁依偎着金翅鸟尾羽和绿松石仙女，他们的日子可谓世界上最丰美的时光。斯朗群培就像其中的宠儿，身上散发着纯洁、率真和善与美。这天，从拉姆玉措回来，风雪已把瓦巴村变成了一派黑白素颜，天色已近黄昏，但斯朗群培丝毫没有回家的意思，而是带我们走进村庄，来到瓦巴村民的一户又一户。

"这是我们村里曾经最贫困的一户，他叫巴桑。他小时候家里很贫穷，经常是糌粑不够吃，结婚生了孩子后就更困难了。一直到政府给困难户安居补助后，我们村委会决定让他家先盖起这几间房子，又扶持他家先开办'藏家乐'。现在生活条件完全改善了……"斯朗群培介绍时，巴桑已给我们倒上了滚烫的酥油茶。他笑容谦恭，气质干练，三十多岁。家里收拾得干净、整洁。新盖起的三层小楼，已挂上了"藏家乐"的牌子。巴桑带着我上到二楼，推开一间房门时，里面住着两个汉族年轻人。

"这么冷的天，你们也来然乌湖啦？！"我们好奇地问。

"我们是徒搭来的，搭一段车，再徒步走一段路。这样的季节可以看到雪，非常好！"两个年轻孩子开心地笑道。

"你们住在这里冷不冷啊？"此刻，然乌湖和瓦巴村的景色虽美如一幅水墨画，但农家客栈里还没有取暖设施。

"很好！藏族人很淳朴，待人很热情。他们一是一、二是二，不会宰游客，我们住着很安心。巴桑大叔的酥油茶也很好喝，喝了就一点儿不觉得冷。"我们听着，连连点头，两个孩子看上去是 90 后，住在巴桑家，也算见到了然乌湖的"主人"，他们是这片土地的灵魂所在。否则，现在很多背包客和骑行客等来西藏旅游的人，在饱览藏地风光后，对风光之中蕴藏的文化内涵知道得并不多，对神山圣水的缔造者，更是略知皮毛。我们回头看巴桑和斯朗群培，只见两位康巴汉子听到赞扬，很是羞涩和腼腆，那是一种我所熟悉的藏文化赋予人的性格特征和心理状态，是一种美德。

从巴桑的"藏家乐"客栈出来，夜像黑色绸缎，飘扬在闪着光的然乌湖上空。雨滴携着蝉翼般轻盈的雪花温柔地袭来，我们裹紧衣袍，心里却格外温暖。斯朗群培这时指着瓦巴村深处的一家灯火说："我带你们去顿月爷爷家吧。"说着，他走在前面，高大的体魄好像一位国王，带着我们深夜踏雪，探访他深爱的子民。

原来，70 岁的顿月老人是瓦巴村的资深知识分子，曾在然乌湖执教 34 年，是斯朗群培崇敬的偶像。老人坐在火炉旁，慈祥而从容地给我们讲述着他的人生故事，往事如窗外的雪花，在我们眼前喜悦地纷飞着。

"我们祖祖辈辈在然乌湖畔，在神湖的庇护中安享人生。我们和瓦巴村长斯朗群培一样，希望在发展旅游经济时，能够自己做主，保护好然乌湖的一草一木……"顿月老人说话时，他的孙子望着我们，那闪烁着星辰般的眼睛里一尘不染，令我们恍然领悟，斯朗群培和顿月老人以及瓦巴村民们的愿望：保护好然乌湖，才能守护住初心的纯净。

5

这夜，我们整夜听雪，一丝一丝、一瓣一瓣融入湖水时，金翅鸟的尾羽在雪中左右涟漪，轻旋曼舞，神性的光，令我们酣然入梦。

梦是白色的，挂在高高的树梢，滴着晶莹的雪；梦里的村落也是白色的，小鸟飞来屋檐，抖落一身的雪花。这时，有一行脚印，从村里出发，经过白雪皑皑的山野，一直去到雪山深处。那里，连绵的冰山闪烁着幽蓝的光。雪还在下，那双匆忙的脚步迟疑着停下来，左顾右盼，流下两行无辜的眼泪。原来，它就是那只会说人话的灵性小狗。但他的主人是一个凶悍的猎人，杀生无数。小狗因此常陷于懊悔，不想再帮助行恶的主人。这天，主人终于答应狗狗离开，但提出条件，要狗狗最后一次捕来一个只听说过但谁也没有见过的物种。

小狗流着泪，冒着风雪找啊找，在寂静的冰山群中，突然听见一种莫名的声音，却看不见踪影。狗狗循声追赶，追啊追，终于看到一个像大雪球长满了眼睛的东西，它心想这就是传说中的月蚀兽吧。小狗将月蚀兽逼到一个山洞中时，猎人赶来了。他举枪对着月蚀兽就打，枪声中雪山、冰川轰然倒塌，整个亚隆村淹没了，无一人幸存……

"亚隆冰川，就耸立在原来的亚隆村上。每年夏季冰川退去时，偶尔还能在那里捡到亚隆村人们用过的东西……"说话的老人拄着拐杖，也叫群培，是来古村的村长。原来夜行一路，穿过广袤的沙滩和沙棘林，一觉醒来，我们已从然乌湖畔，抵达了来古冰川的来古村。

"我们来古村，是西藏唯一在冰舌上的村庄，就在雅隆冰川的舌尖上。但没三个月时间，不可能转完所有的冰川。"老村长群培被常年的雪光反射得脸色黝黑，腿也因天寒地冻，患有严重的风湿性关节炎。而来古村的海拔比然乌湖还要高，我们一面走一面说话时，看到老村长和斯朗群培都因缺氧而微微有些气喘。是啊，冰川虽美，却并不适宜人类生存。而关于雪崩的传说，阐释着来古村民对因果报应的理解：因为昨天的杀戮，今天才会如此皑皑冰雪。

雪越下越大了，雪花如激烈的白焰，像是为沉睡在亚隆冰川下的人们无声地呐喊和燃烧。极目远眺，来古冰川，已被雪雾遮挡。

"来古冰川原名的意思为开启山崖之门，但外来人习惯以来古村称呼冰川群。冰川群地处然乌湖上游，由雅隆冰川、康玛冰川、雄加冰川、通嘎冰川、美西冰川、日久冰川等组成。"老村长群培的介绍和我们从百度上读到的有些不同。穿过风雪，我们终于走到了村委会温暖的办公室。屋子里散发着燃烧松柏枝和牛粪的清香，一位美丽的女子已烧好火炉、煮好面条等着我们。当她开口向我们问好，我吃了一惊：她竟然是一位拉萨姑娘，叫贡桑卓嘎，考来来古村当公务员。

"这里一年四季好冷吧？"见到拉萨姑娘，好不亲切。

"嗯，还好，空气特别好，来古村只有 70 多户人家，工作也不算忙，都习惯了。"贡桑卓嘎说话时，老村长群培和斯朗群培坐在她身旁，怜惜地望着她。和她相比，他们显得更黑更壮了。我们喝着热茶，笑起来。

"贡桑卓嘎啦，您去过冰山群里吗？"烤着炉火，我们冻僵了的身体渐渐有了温度。这个季节，我们是不可能深入冰山深谷了。据说来谷冰川是世界著名的三大冰川之一，各座冰山

再见日喀则

因所在地质和土壤成分不同，会反射出不同的颜色。有的散发出蓝幽幽的冰光，有的在太阳光中仿佛燃烧着红色火焰。而置身冰山群中，仿佛穿越时空，来到了另一个世纪，抵达了天神之境。

"哈，冰川很美，但是神仙居住的地方，不是我们人待的地方。"贡桑卓嘎笑道，"我们在这里生活，一年四季脱不下羽绒衣，交通也不方便，吃不上蔬菜，很艰苦的。所以冰川是给旅游的人们看的。"

老村长给火炉里添了一块柴，笑呵呵地点着头。斯朗群培也说："这边比我们那边冷多了啊！"

"那有人搬迁吗？"我们问。

贡桑卓嘎、老村长群培和斯朗群培听了我们的话，一时间面面相觑，怔了半晌后，连连摇头。

"我们在这里生活了多少辈，从没想过离开。你们看太阳里的雪，还有雪后面的冰川、冰湖，一点儿尘埃都没有，世界上哪里去找这么干净的地方？只要人心里温暖，就不会冻死……"

老村长的话令我们诧然，也令我们久久思索。我们匆匆告别，连夜再赶路，车子始终奔驰在无边的雪原里，分辨不清哪里是湖，哪里是地平线或者山峦。渐渐地，入梦的雪，缓缓移动着，变幻成五光十色的冰川，仿佛安徒生笔下的童话世界里，跑来一只白雪小狗，还有长满眼睛的月蚀兽，而从前的猎人已放下长枪，披着白雪的披风，在冰川世界里，演绎着一个关乎爱的故事——于是，冰川敞开山崖之门，伸出双臂汇流成美丽绝尘的然乌湖，并将人们轻拥入怀……

题记：

察雅县位于西藏自治区东部、昌都市南部。位于东经
97°02′-98°05′，北纬30°01′-31°01′之间。地处
横断山脉，位于西藏自治区昌都市东南部，北连昌都市卡若区，
东邻贡觉县，南与芒康县、左贡县接壤，西与八宿县毗邻，县
城距昌都市区88公里。

察雅，藏语意为"岩窝"。清代史料中写作"乍丫"或"扎
雅"，相传17世纪中叶，藏传佛教格鲁派高僧嘎曲·扎巴江措
在克贡村附近山头的悬岩下修行，后人就把他修行的地方叫作
"察雅"。

本文采写的著名的丹玛摩岩石刻位于察雅县香堆镇仁达村
境内的拉退山面东崖壁上，又名为遍知佛殿，双译为大日初如
来佛，殿内有级摩崖造像，居正中的为大日初如来佛，左右有

随行弟子和两个飞天女神，下面有 31 行吐蕃时期的藏文和 81 个汉字，其中藏文内容涉及吐蕃时期的政治、宗教、文化、藏汉文化交流等，据了解这个摩崖造像是赤松德赞时代的，对研究吐蕃时期的政治、文化、语言、书法、绘画、雕刻技术等都有非常重要的价值。同时，在拉退山峡谷不到 200 米长的崖壁，至今共发现造像 38 尊、藏汉文铭刻十几处，其中最大者高达 3.28 米，最小者仅 20 厘米，是极为珍贵的历史文化古迹。

梦中的山野

——再见丹玛摩崖石刻

从烟多镇去往仁达村丹玛摩崖有160多公里，道路一直沿着曲麦河蜿蜒在纵深的山谷中。和我们一行的是烟多镇文物管理局的几位干部，他们带了电子秤和长焦距的照相机等，准备进山去完成对仁达殿里的文物登记。

路过一片田野时，我们的车停下来，文物局的干部举起相机对河对岸一片小村子拍照，并介绍说，单独立在村子右边的那一幢土夯的小楼，就是察雅烟多寺著名的洛登西热仁波切的出生地。记得在拜访烟多寺时，每位僧人的宿舍里几乎都供有洛登西热仁波切的照片，尤其在寺院大殿正中，还留有这位仁波切的法座和他一米五高的巨幅照片。一位僧人在向我们介绍他时，自豪地说："洛登西热仁波切现在是德国博恩大学的藏学教授，据说他懂得七个国家的语言……"

清晨的阳光在河对岸简陋的土夯楼宅上洒上了一层柔和的金光，但无论如何，谁能预料到就是在这样一个偏僻的小村庄里，会诞生传承烟多寺法脉的第九世仁波切呢？也许这就是藏传佛学教育的魅力和奥秘之一。藏地多少百姓儿女，一旦被认证为转世朱古，经过几十年的寺院佛学教育，竟如脱胎换骨一般，成就为气度非凡的高僧大德。

初春的细雨这时从远山飘来，落在对岸的山岩上，发出奇妙的回响，我便想起关于"察雅"地名的由来传说：在遥远的17世纪，相传一位格鲁派僧人在岩石下修行并获得大成就，并在岩窝下修建了"察雅寺"，从此这片峡谷中的土地便起地名为岩巢。

冰雪在春雨中温润地融化着，汇流于湍急的麦曲河，一路沿河跌宕，我久久注视着麦曲河激流中一个个深不可测的漩涡，却无法破译它的内涵和久远的记忆。当然，很多时候，我们连自己昨日的梦境也难以分辨——我们的车飞奔在重重峡谷中，突然驶进一片开阔的山野，我被眼前的景象惊呆了：平缓的草甸、清澈的河流、葱郁的松柏、周围造型奇特的山岭以及扑鼻而来的甘凉的山风——我的心徒然一动，像是被多年前的一瞬击中，犹如飞鸟与石在空中相遇，我感到自己仿佛在故地重游：这片水草丰美的草滩，我似乎来过啊——然而记忆恍如隔世，依稀如梦，虽然强烈地突兀在心里，鲜艳地悬挂在眼前，不过如一片年代久远斑驳剥离的残缺壁画。

鸟雀此时在山野明朗的阳光中轻鸣低唱，浅流的河滩中，坐落着巨大的岩石，上面竟有葱郁的松柏争先拔长。文物局干部们已多次来过这里，他们带着一些馒头和饼子去到河的源头喂鱼。我也跑过去看，只见清浅的河流里果真有很多鱼儿，我们扔进去的食物，很快被鱼儿们活蹦乱跳地吃光了。我暗自回望这片似曾相识的山谷草滩，心想，我和水里的鱼儿，我们累世的生命怎么才能找寻踪影？而这片山野隽永的历史的灵魂却早已在千年前，以如来佛的形象，刻在了岩壁上。

遗憾的是，我们来到仁达山野时，曾经的仁达寺已经拆了，正在重建。两位仁达寺的僧人驻守在这里，他们带我们穿过重建中的石头殿，来到著名的丹玛山崖前，于是，距今1000多年的摩崖大日如来佛雕霍然在眼前。

所有的人一时间似乎都语塞了。是因为摩崖佛像出乎想象还是一路曲折颠簸得瞬间失忆了——哈，当然都不是。

仰望依山雕凿的大日如来佛，约 1.9 米高，佛像头戴"山"字形花冠，双手作禅定印，结跏趺坐于圆形仰覆莲狮子座上。椭圆形背光上浮雕有花卉、珠宝、莲花等图案。但整个佛像的颜色，显然是被满怀热爱的僧人们于近年涂上了鲜艳的色彩，面容也涂了金粉。也不知用的是天然矿物颜料还是丙烯颜料，看上去就和拉萨哲蚌寺后山上的石刻佛雕一样崭新，佛雕袒露的身上还挂着哈达。但那并非过去的蚕丝所织，而是现在的化纤材料，所以在我们大家的要求下，健壮的僧人用长长的棍子从大日如来佛像上小心取下哈达，但佛像却难以恢复从前的神秘素颜了。

文物局的干部跪下来从不同角度拍着照片，一面惊叹透过镜头的新发现。原来除了大日如来佛左右两边头戴山字花冠的八大弟子像，在最上方的左右两朵祥云里还雕有两位飞天仙女；接着在佛像的左下方，我们又看到一尊浅雕的龙女。

大家因各自的新发现十分喜悦，话语也多起来。继而上到重建中的仁达殿的二层，开始更近距离地瞻仰摩崖佛雕。然而面对被涂上了红色颜料的长篇古藏文，我们一个个神色迷惘，下方的一些繁体汉文，也残缺和模糊得难以辨认了。

再见日喀则

1000 多年前的古人，何故来到这片山野？他们在这丹玛山崖上刻下佛雕和文字，又是怎样的意图呢？

就像手机断了信号，我们无法穿越时空连接古人的世界。而面前沉默不语的如来佛雕，令我们沦陷在空白的记忆中，满心空虚和孤独。也许因此，诸如考古学、历史学家等才得以诞生吧？

回到昌都市的第二天，我联系到了著名藏族学者土呷先生，他在十多年前，曾三次徒步前往察雅县仁达地方考察，并得以阐释主供佛下面石刻古藏文的要义。

拜读完土呷先生提供的关于丹玛摩崖石刻的珍贵资料才得知，原来，察雅仁达摩崖造像刻于公元 804 年，石刻上的古藏文记载的是吐蕃赤德松赞时期的铭文，藏文部分 95% 的文字很清楚，汉文部分除"匠浑天""同料僧阴""大蕃国"等以外，大多已漫漶不清。

而通过土呷先生翻译的铭文内容，我对吐蕃时期在丹玛石崖上雕刻大日如来佛的用意似乎恍然明了：铭文大致分三段两层要义，第一段刻的是《普贤行愿品》经文。主要是宣讲佛法，在此抄录如下：

圣教之意，乃一切众生皆有识念佛性之心。此心非亲教师及神所赐，非父母所生，无有起始，原本存在。无有终了，虽死不灭。此心若广行善事，利益众生，正法加持，善修自心，可证得佛果与菩萨提捶，便能解脱于生老病死，获无上之福；若善恶间杂，则往生于天上人间；多行罪恶与不善，则入恶界有情地狱，轮回于痛苦之中。故此心处于无上菩提之下，亦有情于地域之上。若享佛法之甘露，方可入解脱一切痛苦之地，获永久之幸福。故众生真爱佛法而不得抛弃。总之，对于自己与他人之事的长远利益，则向亲教师讨教，并阅读佛法经典，便能领悟。

第二段更像是政府诏令，颁布政教合一的有关事宜和与唐国和盟的外交政策以及雕刻摩崖石刻佛像的意图和具体分工：

猴年夏，赞普赤德颂赞时，宣布比丘参加政教大诏令，赐给金以下告身、王妃琛莎莱莫赞等，众君民入解脱之道。诏令比丘阐卡云丹及洛顿当，大论尚没庐赤苏昂夏、内论赤孙新多赞等参政。初与唐会盟时，亲教师郭益西央、比丘达洛添德、格朗嘎宁波央等，为愿赞普之功德与众生之福德，舒此佛像与祷文。安居总执事为窝额比丘朗却热、色桑布贝等，工头为比丘西舍、比丘松巴辛和恩当艾等；勒石者为乌色涅哲夏及雪拉公、顿玛岗和汉人黄崩增父子、华豪景等。日后对此赞同者也同获福泽。益西央在玉、隆、蚌、勒、堡乌等地亦广等，者为比丘仁多吉。

第三段：若对此佛像及誓言顶礼供养者，无论祈愿，何事皆可如愿，后世也往生于天界；若恶语戏骂，即得疾病等诸恶果，永坠恶途；法律也对反佛者，从其祖先亲属起施行——故无论任何人，均不得望骂讥讽！

这第三段铭文读到最后，感觉很是复杂；似乎已不再是单纯弘法，而是显示出一种权威。特别是最后：若恶语戏骂，即得疾病等诸恶果，永坠恶途；法律也对反佛者，从其祖先亲属起施行——故无论任何人，均不得望骂讥讽！

是诅咒，还是在揭示因果？！提到法律时，让人感受到的却是暴力和专制。

据说赞普赤德松赞时，佛教僧侣不仅是宗教上的主持者，而且还封授有政事大论（宰相），掌有政治大权。

仁达那片美丽的山野随着这段铭文，在我心里突然变得沉重起来。我仿佛看到，千年前，虔诚的信仰使吐蕃人民心肠变得格外柔软仁慈，每个人的额头闪耀着智慧之光，但当政权与宗教组织两相结合，湍流的河面突然布满了漩涡，丹玛摩崖如来佛的眼前，是否也曾充满了刀光剑影……

那天，告别丹玛摩崖返回途中，我们途经香堆镇"窝额"吐杰降钦寺——察雅的香堆向康殿堂。该殿建在香堆平坝的正中央，因主殿内供奉有传之为自生的弥勒佛而著名。但又有专家说，这尊石雕弥勒佛可能在一场地震或山体塌方时被埋到了地下，多年后农夫在挖地时发现，便认为是自生佛雕——关于这尊佛雕，我没有找到准确的记载。当然，这并不重要，关键是作为信仰的寄托对象，这尊弥勒佛石雕已经承载了上千年人们的祝福和祈祷。我相信，这种来自虔诚信众的心灵能量，终会穿越千年古石，抵达光明之境。

十几位来自昌都其他地区的僧人那天也来到了向康大殿。我们随僧人一起围绕弥勒石佛顺时针朝拜转了三圈。向康殿里的僧人从石雕佛像下面涌出的奇妙泉眼里舀出圣水赐给我们。之后，我们盘坐在弥勒石雕佛像前，开始祈祷。

僧人们低弘的诵经声在大殿里回旋，像金色的波光萦绕着庄严美丽的弥勒石雕佛，一时间，吐蕃时期雕刻佛像的情境扑

两风日寤刚

朔迷离，闪现在大殿的神秘时空中，令我双手合十深情祷告：

无论历史怎样变迁，但愿佛祖慈悲与智慧的光芒永远普照大地

和我们的心灵……

题记：

昌都地区丁青县历史上曾多次变更隶属关系。其中，明朝时，属蒙古王东宫武藏统治。原有六十个族（部落），后来划二十五个给青海玉桥，余下的三十五个，逐渐演变为四十二族。蒙古王东宫武藏死后，其妻将索宗地区的三族献给达赖喇嘛，剩下的称霍尔三十九族。

本文采写的雍仲本教唐卡画师罗布玉加为霍尔三十九族后裔，系原羌塘草原巴青地区霍尔国国王的亲族。同时，丁青县也是西藏古象雄文明和雍仲本教的发源地之一，罗布玉加也是丁青县古象雄国的后裔，他绘制的唐卡，继承了神秘古老的古象雄文化特色和雍仲本教独有的艺术风格。

秘门
—— 雍仲本教唐卡绘画大师罗布玉加的故事

1

罗布玉加穿上崭新的藏袍，手捧一大摞获奖证书，面对相机的神情却显得有点儿懵懂。他是雍仲本教唐卡东派绘画大师，在丁青去他办的唐卡学校拜访时，他一面给我们讲述东派唐卡绘画的相关历史，一面疑惑地问："你们是作家？那么回到拉萨可以帮助我申请非物质文化遗产吗？"

我们肯定地点头告知他我们一定努力，说着，他带我们来到刚画完的大幅唐卡面前，又问："那么你们要写的是什么样的书呢？"

"我们会在书里写您学校的状况，讲述您绘画唐卡的故事。"话音刚落，眼前的巨幅黑唐卡令我们望而惊叹！黑唐卡是指以黑色为基底，用纯金色勾勒，点缀少量色彩或象征性晕染出人物和景物的主要结构及明暗，是一种与彩绘唐卡一脉相承而又自成一体的雍仲本教象雄派唐卡绘画形式。

罗布玉加绘制的这幅黑唐卡格外精美，主尊金翅鸟舒展双翅，挺拔屹立在海水中升起的莲座之上，头顶化佛，口含两条蛇，爪踏两条人面龙身的龙，背光由火焰纹组成，周边群山环绕，祥云飘飘，莲座下有一鲜红色的"琉璃心"。

相传古象雄人以大鹏鸟为图腾，"象雄"一词里的"象"藏语称为"恰"，即"鸟"意；"雄"在藏语称为"琼"，意为"大鹏"，"象雄"即为大鹏鸟所居之地。象雄国早在公元 5 世纪前，就曾创造出高远的古代文明，并创造了最早的象雄文字，象雄文字至今在印度、尼泊尔等国的一些部落民族中流传和使用。其中红鹏金翅鸟是日巴（明觉）的愤怒化现，被雍仲本教奉为不共本尊。

我们久久仰望画幅，仿佛感受到了象雄国的夜晚，那时，大鹏鸟展开金色的翅羽，翱翔于古老王国的灿烂星空，人与神、与神鸟在同一时空中，是怎样的一种美轮美奂的情境……

如此想着，我们转身又看到挂在墙上的罗布玉加画师全家照。照片上四代古象雄国的后裔共十七口人，他们聚焦的目光，似乎还闪耀着古老国度的神秘光芒。

"您的母亲和父亲看上去真是健康慈祥啊！"我感叹道。照片里罗布玉加的母亲尤其雍容，父亲和罗布玉加一样，留着两撇极富个性的八字胡。

罗布玉加连连点头笑道："家人身体很好，现还住在村子里，我为了办学，搬到了丁青县城。"

原来，罗布玉加生于丁青县丁青镇茶龙村的霍康家族。霍康家族于18—19世纪曾诞生了一位雍仲本教绘画大师——强巴祖爷。随后世代传承，罗布玉加的爷爷霍康扎西和父亲以及弟弟丹巴尼玛和罗布玉加都是霍康家族雍仲本教著名的唐卡画师。而罗布玉加的母亲，则是丁青雍宗本教东路派唐卡世家的女儿。外公次仁杨培即著名的东路派唐卡大师。当罗布玉加的母亲嫁到霍康家族，罗布玉加格外幸运地获得了霍康和东派唐卡两种传承，他从小跟随父亲扎西学习唐卡绘画，小学毕业后又正式拜外公次仁杨培为师，离开父母，专心跟随外公学习唐卡绘画。

和他一起在外公家学习的还有罗布玉加的两个表兄弟。外公家的房间不大，三个孩子白天学习唐卡度量经，晚上就挤在一起睡。除了起早贪黑地练习唐卡绘画的基础技能，在外公家小小的院落里，三个孩子还学会了种菜和种花。那是罗布玉加最开心的时候，夏天，当向日葵长得比自己还高时，地里的蔬菜也成熟了。三个男孩自己拔菜洗菜，自己做饭吃，从小练就了独立生活的能力。而外公喜欢每晚喝一点儿酒，为此，罗布玉加带着两个表兄弟，还从外公那里学会了用青稞酿制醇美的青稞酒。那时，罗布玉加对一切新鲜事物充满了好奇。尤其学习唐卡时，只要每天能绘制新的图案，对他来说就是最快乐的事情。学习的间隙，好动的罗布玉加还喜欢打篮球。县里驻军部队那时经常在外公家大院里的篮球场上比赛篮球，罗布玉加就跑去参加。一整天伏案绘画唐卡的少年，在篮球场上舒展身姿，轻飞如燕。

　　但唐卡绘画的学习是一个极其艰难和漫长的过程，仅是学习度量经和绘制底线，罗布玉加就学了七年。七年后，外公带着罗布玉加和其他两个学徒，终于走出院门，开始前往寺院一面实践一面继续学习。那年，他们将前往江达县的一所雍仲本教夏寺，到达德堆乡后，徒步翻过一座大山，再骑马，一路颠簸，四天后才抵达。在寺院的半年时间里，在外公次仁杨培为寺院绘画壁画的现场，罗布玉加开始学习上色和雍仲本教历史，以更好地理解和把握壁画及唐卡中的场景及佛、菩萨造型及度量尺的意义。随后的五年，罗布玉加分别跟随外公和爷爷漫游藏地，先后应邀前往丁青孜珠寺、日喀则雍仲林寺和昌都地区雍仲本教的大小格寺，一面继续学习和实践唐卡绘画，一面在寺院学习藏文和经书。二十五岁时，罗布玉加经过十二年的苦学实践，已熟练掌握了绘制唐卡的技能，完全能够独立"出道"了。

　　然而进入 20 世纪 90 年代的中国社会，正在改革开放和发展经济的洪流之中，西方各种思潮与艺术流派冲击国内，也席卷了西藏大地，使得唐卡这种传统绘画门类一时间成了一种边缘艺术和个体行为。藏地众多的寺院，那时也不再大规模邀请唐卡画师绘制唐卡了。罗布玉加感到了一种被社会冷落的沮丧，他有些后悔，他想，假如当初不去学唐卡绘画而是出家做僧人，十年之后也可能学成通过考试成为一位受人尊重的堪布；如果读书，也已大学毕业，能够找到一份好工作。

　　但情况并不像罗布玉加感受到的那么糟。霍康唐卡世家的大画师扎西和东派唐卡世家的大画师次仁杨培都还在世，虽已年迈，不能陪伴罗布玉加左右，但作为爷爷和外公，他们的期望和鼓励仍像一盏明灯，照耀着罗布玉加的路途。两位老人的技艺远近闻名，常得到一些邀请，便推荐罗布玉加去完成。而在罗布玉加单独完成唐卡绘制后，为了鼓励罗布玉加，除了寺院发给罗布玉加的奖金外，两位老人还会奖励他。一次，外公拿出自己不多的积蓄，还专门买了一对漂亮的日喀则羊毛卡垫送给孙儿罗布玉加。那一对卡垫，成了外公最后的馈赠和遗物。每每抚摸柔软的卡垫，罗布玉加不禁泪湿双眼，难忘外公多年来为培养自己付诸的心血……而在丁青县，人们也怀念两位唐卡大师，没有忘记他们的传承人罗布玉加。首先是著名的雍仲本教藏医传承人桑达益西大师，向罗布玉加发出了绘制唐卡的邀请。在他前往绘制唐卡的时间里，给予他无微不至的照顾和鼓励。唐卡终于绘完的那天，桑达益西大师设盛宴招待，表感谢之意，又送给各位唐卡画师印度衣料和各种物品。宴会上，人们一再给画师敬献哈达，载歌载舞表达着对唐卡画师的恭敬。罗布玉加被如此的盛情感动了。爷爷、外公和父辈的教导以及自己在佛前的发愿重又回响在耳畔——罗布玉加为自己一时的彷徨和迷茫而暗自惭愧。当雍仲本教藏医大师为他捧来绘制唐卡的津贴时，罗布玉加婉言拒绝了——这时的他已明确唐卡画师的价值，并将永不以世俗经济来估量。

从雍仲本教藏医大师家里出来，罗布玉加去市场给母亲买了一件粉紫色的衬衣和彩虹般的七色氆氇围裙，他想念母亲，母亲一生盼望的，就是他能继承雍仲本教唐卡传承，希望他早日成为一代唐卡大师，他想，承担起家族重任、不负母亲期望的时刻到了……

这时，霍康家族远在尼泊尔的亲戚、雍仲本教经师丹增朗格也一直关注着罗布玉加，得知罗布玉加的状况后，经师丹增朗格与丁青县政府和教育局联系，希望通过自己的资助，帮助侄儿罗布玉加开办唐卡学校，广招门徒，使得雍仲本教唐卡绘画的传承得以弘扬。在丁青县政府和县教育局的鼓励下，2003年，罗布玉加在丁青县职业中学开设了唐卡绘画专业，任教六届，先后培养200多名学生。但职业技术学校学制只有三年，对一名唐卡画师来说，三年的学习只是刚刚入门。许多学生毕业后，希望能继续就读，却苦于没有去处。而这时的罗布玉加，在几年的教学当中，已有了一定的管理经验，萌发了自己创立一所严格按照传统教学的东路派唐卡学校的想法，并得到家族和政府的支持。为此，罗布玉加四处借款，加上全家多年挖虫草的积蓄和贷款，于2014年，投资600多万元，终于修建起了一所丁青东路派唐卡绘画艺术学校。

2

我们前去拜访时，刚好是五月中旬丁青虫草季节。罗布玉加的学生们都上山挖虫草去了，只有罗布玉加和他的弟弟霍康家族另一位唐卡传承人——丹巴尼玛在学校忙碌着。刚修建起来的校园诸如学生食堂及卧具等很多细节还没有整理好，但教室已经很规范了。整齐的卡垫床，床前挂置着白布绷制好的唐卡画框；教室的前方是讲台，后墙上贴满了各位学员的照片。罗布玉加介绍说，自己开办的这所东路派唐卡绘画学校，目前招收了 50 多名学员，多数是丁青县职业技术学校唐卡班的中专毕业生，也有高考落榜生和贫困农牧民家庭的辍学少年。开设有藏文课、素描课、唐卡绘画课和汉文课。学生的学习用具和每月的生活补贴都是经师丹增朗格在资助。

说着，罗布玉加带我们继续参观他的画室，除了先前看到的近年刚完成的巨幅黑唐卡大鹏金翅鸟，我们有幸近距离欣赏到他绘制的《千咒圣母》。这是一幅雍仲本教独有的护法本尊图，神秘而奇幻的画幅瞬间颠覆了我对圣母的想象。罗布玉加说画幅上的圣母有 100 个头、1000 只手和 1000 个法器。我们仔细看，越是细微处，越是出其不意，意象万千。我倒吸了一口气。

如此精细、严密和宏大的构图，在如今的唐卡画幅中非常少见。这样一幅唐卡，呕心沥血从不间断地绘画，至少也要一年啊。

我不由重新审视面前这位头发竖立、留着两撇八字胡的"小伙子"。事实上他已有四十多岁了，但看上去不过三十出头，浑身散发着康巴人敢于创新的勇猛之气而少有绘画大师的儒雅。看不出这样一位有些直愣的男子，绘制的唐卡竟能够如此细微。而《千咒圣母》实则罕见，他能把超乎常人想象的每个细节描绘再现，聚精会神之中，一定独具禅念，别有传承。

在学校展示会客厅里，我们看到这些年罗布玉加获得的多种奖项，其中有 2011 年由西藏工艺美术协会和西藏唐卡艺术博览会组委会联合颁发的西藏一级唐卡画师资格证书和唐卡《皈依境》一等奖获奖证书。而面前的《千咒圣母》也获得了 2014 年由中国唐卡艺术节组委会和西藏文化发展促进会颁发的奖项。

见我们啧啧赞叹，罗布玉加很是高兴，突然提出带我们去丁青镇茶龙村，去家里的密室，看霍康家很少示外的珍藏唐卡和壁画。

3

丁青镇茶龙村距离丁青县城五公里多路程，但崎岖蜿蜒，加之一段河沟正在修建小型桥梁，道路十分难行。罗布玉加在颠簸的车路上，一直兴奋地对我们讲述着即将展示的珍宝。

不久，一个宁静的小村庄在我们眼前徐徐出现，村庄坐落在一片丘陵之上，村庄的对面是一座气势威猛的铜色大山，罗布玉加说，那是雍仲本教神山，丁青虽然盛产虫草，但不会有人去神山上采挖虫草。每天日出，村里人总会面朝神山，按照雍仲本教习俗煨桑祈祷。自己就在这缭绕着桑烟的古老村庄里长大。说着，只见罗布玉加的母亲和叔叔已在门口迎候我们了。

罗布玉加的母亲有67岁了，叔叔57岁。父亲已去世。叔叔现留在家里照顾家人和20亩耕地。家里还有60多头牲畜，由罗布玉加的哥哥和妻子照看。他们夏天住在夏季牧场，冬天才回村庄，四个孩子在丁青县城上学，主要由罗布玉加和弟弟负责照顾……我们进到三层高的将近有三百年建筑历史的房子里，听罗布玉加介绍霍康唐卡世家的家庭结构时，火炉里火苗正旺，罗布玉加的母亲已为我们烧好了滚烫的牦牛奶茶。

家里到处可见古老的器皿，罗布玉加的母亲摇着转经筒，坐在一旁笑吟吟地望着我们。罗布玉加说，转经筒也是爷爷传下来的，已念诵过上亿的经咒。

我们喝着鲜美的奶茶，吃着罗布玉加自家牧场上养育的牦牛的风干肉，心里美滋滋的。这个家族厚重的历史和温暖的氛围，令我们敬慕。当然，我们没有忘记罗布玉加此行带我们来到霍康之家的承诺：他将打开秘门，请我们观看霍康家族珍藏的画作。

喝过热茶，又和慈祥的阿妈啦合影拍照，罗布玉加拿来一长串古旧的白铜雕制的钥匙，我们跟他上到了三层。罗布玉加的神色变得凝重起来，告诉我们，三层是霍康家族的佛堂，曾祖父、祖父扎西都曾在佛堂里修行及留下画作，从没有给外人看过。

木质彩绘镶有铜饰的木门被罗布玉加轻轻推开，一道阳光照了进去，曾经的时光似乎扑面而来。

罗布玉加恭敬地手心向上让我们看经堂四壁上的壁画，说那就是爷爷的绘画作品。在"文化大革命"期间，村委会占领了霍康家的整栋楼房，为了保护壁画，爷爷用白灰刷墙，掩盖壁画，才得以保存至今。

经堂里光线很暗，暗红色调的壁画上，描绘着佛界的景象，一尊尊雍仲本教佛、菩萨，似乎穿越时光，在我们眼前示现着肉眼不可及的境界。而每一笔，在最细微处都似乎无限延伸，示现着多重空间里的奇妙世界。

"这是放佛像、法器和朵玛的柜子，上面的绘画是我曾祖父和祖父先后绘制的。'文化大革命'期间，柜子太大，无法搬出去转移，爷爷和我父亲就将毛主席画像贴满柜子，遮盖绘画，以免遭毁坏。"

柜子很高，一直抵到屋顶。上面的一把小锁，仿佛锁住了祖辈曾经的故事。

罗布玉加又指着佛堂里的小矮床说，出家的祖父扎西是一位喇嘛，这是他在霍康家的法座，法座上挂着一只牛皮鼓，也是祖父扎西用过的法器。

罗布玉加说着，又拿出古藏文经书给我们看，告诉我们上面书写的经文是古象雄文。

当我们面对神秘"天书"，耳畔恍然回响着百年前的法鼓声，小经堂里，精致小巧的藏柜也似乎在鼓声中灵光闪耀。

这时，罗布玉加又拿出一幅爷爷画的唐卡给我们看，因小经堂光线太暗，我们请他拿到屋外。唐卡绘制的是雍仲本教的

再风日喀则

一幅《皈依境》图，据说是罗布玉加的爷爷绘制的，距今已有72年了。正说着，我们从三楼的玻璃窗里，看到了底层的厨房。那是一间保存完好的老厨房，黑墙上画满了白色吉祥图，过去的茶壶、铜具完好地摆放在炉灶上。罗布玉加见我们很是新奇，又带我们下到底层，一时间，我们仿佛从霍康家族精神的层面来到了生活当中，打开又一扇秘门，令我们嗅到了百年唐卡世家曾经的茶香。

霍康家族据说原是羌塘草原巴青地区霍儿国国王的亲族，后迁移到丁青鹏鸟的故乡，在这里皈依雍仲本教孜珠寺，并获得雍仲本教唐卡绘画传承。

告别罗布玉加和他的小村庄出来，我们再回首，感到村庄之上，那个山坡上的小屋，好比一所家族博物馆，而民间深藏的传承，令古象雄文化不再遥远。

题记：

江达县位于西藏自治区北部、昌都市西北部，东与四川省石渠、德格、白玉三县隔江相望，北与青海省玉树藏族自治州玉树市毗邻，南接贡觉县，西连昌都市卡若区，平均海拔高度约 3650m，最低海拔 2800m，最高海拔 5436m。距拉萨 1170 公里，距成都 1070 公里，县域东西最大距离 286 公里，南北最大距离 327 公里，总面积 13164.09 平方公里，总人口 7 万（2003 年）。

江达因处觉普沟口而得名，属于以藏族为主体的少数民族地区，是四川、青海、西藏三省（区）的结合部位，也是藏东的门户，川藏公路 317 国道经过这里。其中距县城约 50 公里的波罗乡境内，支流扎曲河两岸，森林面积大，林木品种多，尤其用于刻经板的桦木，是这里特有的树种。而波罗乡自古以木刻印经板闻名遐迩，拥有众多的木刻艺人和世家，现藏德格印经院的经板，主要是波罗乡木刻艺人的杰作。他们不仅能刻大部头《丹珠尔》和《甘珠尔》，而且也能刻难度很大的风马旗和佛像图案，是西藏地区名副其实的"木刻之乡"。

皮鞭下的雕刻

——记昌都江达县波罗乡冲桑村木刻大师朗加

1

　　十二岁这年，朗加的童年突然结束了。窗外，青稞麦田在夏日的微风中恣意摇曳着，像有一百个顽童在麦芒下捉迷藏；山巅上，黑牦牛也在嬉戏角逐，朗加却只能整日盘坐于卡垫，左手捧着木刻板，右手握着刻经刀，再也不能出去玩耍。他一脸委屈，连日来的练习，令他腰酸背痛，尤其是一双小膝盖，盘坐一整天，完全失去了知觉；脖子因低头太久，已变得僵硬又疼痛；握着刻刀的小掌心，打起的水泡磨破了皮，灌了脓，一直不愈合，只要稍稍用力，就疼得钻心。但父亲并不在意小小儿子全身的疼痛，也不给他溃烂已久的掌心上药，只是满不在乎地说，刻经人都会经历，慢慢就会好。说着，他看到朗加冲洗木刻板子时，将水错倒在了反面，立刻大怒，取来马鞭抽打儿子的屁股，朗加"哇哇"大哭起来，朗加的母亲在门外含泪看着，却不敢进来劝阻。

小朗加的屁股被父亲的马鞭抽得红肿了，加上全身各处的疼痛，这晚他哭泣着入睡，一觉醒来天已大亮。母亲把早茶和糌粑端到他的小床前，伺候他吃过早餐，刚一出去，朗加迷迷糊糊又倒下睡着了，直到父亲大吼着进来把他从被窝里揪出来，又是一顿痛打。

小朗加一面掉着眼泪，一面赶紧穿衣起床，开始一天的藏文书法学习和木刻练习。他满心沮丧，不明白父亲为什么要他学习这门手艺，但父母之命不可违，他暗暗盼望农忙季节快点儿到来，自己就可以离开家，去田野里奔跑，去割青稞，去砍柴或者放牧……只要不用学习木刻，再重的活，他都愿意去做。

母亲看出了儿子的心思。这天，母亲又给儿子端来他最爱吃的冬小麦做的牛肉饼和奶茶，温婉地劝儿子说，学好木刻经文，亲手雕刻《甘珠尔》，是累世得来的福报，而朗加已是家里第四代木刻传承人，要好好珍惜。

朗加一面吃着妈妈做的香喷喷的牛肉饼，一面乖巧地点头答应着。虽然妈妈的话他不完全懂，但妈妈的爱怜却愈合着他身体的疼痛。吃过午餐，朗加要妈妈取下高高挂在柱子上的马鞭，母子俩开心地把马鞭藏起来，朗加才盘坐好，开始练习木刻。

望着瘦小的儿子，母亲心疼地抚摸着他的头，但看见他一刀一刀刻出的经文，她又含泪笑了。朗加擦去母亲面颊上的眼泪，安慰母亲说，自己刻的经文，终有一天会藏入德格印经院中。

朗加是个听话的孩子，但每每刻错了字，父亲的马鞭仍会时时抽打他。半年、一年，光阴流逝，小朗加渐渐长大了。他握雕刻刀的右手心上长出了茧子，脖子不再酸痛了，盘坐一整日的双膝，也完全适应，伸屈自如。虽个子没长多高，但他起早贪黑地勤奋练习，性格变得格外安静和专一。

终于，三年后，聪慧的朗加年满十五岁时，已能写得一手漂亮的藏文书法，并能将各种藏文字体刻在木板上了。父亲十分满意地收起马鞭，带着小朗加开始四处游学和实践。

2

　　第一站是前往四川色达的寺院去雕刻印经版。波罗乡全村一行七人，系着乡亲们敬赠的哈达，骑马出发了。在蜿蜒的羊肠小道上，他们翻山越岭，经过一天的马背颠簸，来到江达时，几匹马都有些瘸了，好在终于有了公路，他们搭上了一辆东风卡车，朗加的父亲坐在驾驶室里，朗加和另外五个学徒，爬上大车顶，一路迎风高歌，两天的车程抵达康定的炉霍时，几个少年的嗓子也唱哑了。少年们和朗加一样，都是波罗乡人，从小各自拜师，苦学木雕多年，也是第一次出远门。少年们很快尝到了游学的艰辛，从炉霍租来的一辆拖拉机继续前行没多久，挂挡就坏了。一路人烟稀少，更不可能有修理站，大家只好徒步。骄阳似火，就半夜起来赶路，走到第二天中午，在路边垒起三石烧茶吃糌粑和睡觉。下午六点半太阳偏西时，再赶路到晚上十点才休息。第二天凌晨四点半又继续赶路。这样差不多走了三天，长年盘坐在室内木刻的少年们，白皙的皮肤被晒得黑红脱皮，每个人脚上都打起了水泡，朗加的个子最小，身体单薄，走成了一匹"瘸马"。这时，远远地，色达寺的僧人赶着牦牛来接他们了。波罗乡以农耕为主，少年们都没骑过牦牛，大家紧抓牦牛背上的鞍子,一路惊叫、嬉笑,格外开心。两天后,漫漫行程终于到了终点,色达寺到了。

这次的游学是在色达寺雕刻大藏经《甘珠儿》。朗加梦寐已久的愿望就要实现了。他和五个少年在父亲及寺院老师的带领下,起早贪黑,全身心投入在每天的雕刻中,经过七个月零二十八天的埋头工作,终于出色地完成了雕刻。而波罗木刻在藏地闻名遐迩,寺院为此不仅每日为波罗木刻艺人们提供美食,还给每人支付了一个月120元的高薪。少年们面面相觑,吃惊之余,深深感受到了波罗木刻人的一份尊严。这年冬天,当少年们重返波罗乡再深入学习木雕时,变得更加坚韧和沉稳。他们信心十足,信念坚定,似乎已决心承担起波罗乡具有古老传承的木刻事业。

3

第二年夏天,朗加和波罗乡的十三位木刻艺人又启程了,将前往金沙江对岸白玉县的寺院去雕刻印经版。朗加的父亲没有一同前往,这令朗加忐忑不安。第一次离开父亲,单独去刻经,他非常担心自己是否有能力圆满完成木雕经文的重任。但朗加还来不及犹豫，只见金沙江激流滚滚，大家乘上牛皮船，在咆哮的江水中随着漩涡打转，又被暗礁撞得飞腾起来，大家紧抓船沿，吓得说不出话来。等到终于上岸，像是经历了一场生死，朗加的双腿还在发抖，而生命无常、人生难得的经文，这时仿佛雕入了他的血脉，他默默地跟着大家走向寺院，在之后的八个月里，他全神贯注，发愿要把佛祖的每一句真言，通过自己庄严的木雕字体，留存永远。

十七岁那年，是朗加永生难忘的。他和村里七个木刻师前往四川石渠县的寺院刻印经板，寺院的住持是一位宁玛派堪布，叫西热门巴。西热门巴看上去四十岁左右，法相俊美而庄严，却酗酒成性，脾气暴躁。在寺院历时四年的刻经当中，他每天监督左右，要求非常严格。看到七个刻经师大多是出道不久的新手，西热门巴对他们刻的经文非常不满，时常大怒，对他们大打出手，通常是手里拿到什么就会顺手打上来。朗加刻的经文也难过关，最初的几年，他每天会被西热门巴打八次，有时，西热门巴看见朗加刻出的经文不符合要求，会气愤得当场端起桌上还盛有热茶的杯子猛地扣到朗加头上，要他重新雕刻，有时会拿钢纤抽打他，如果朗加捂着头敢跑，西热门巴更是气得发狂，会从院子里拔起支撑帐篷的木柱子，一路追打。如此，几个年轻人天天挨打，刻经时总是胆战心惊，不敢有半点儿疏忽，心里却十分憎恨西热门巴，私下里骂西热门巴"疯僧"。

一次，"疯僧"又狠狠揍了他们，朗加和几个年轻人从后窗跳出来，跑到寺院的后山躲起来，不想再回寺刻经文。眼看天色已晚，几个年轻人又冷又饿，而回波罗乡的路途遥远，即使回去了，没完成寺院刻经，也会被家人痛骂和毒打，在波罗乡里抬不起头……如此想着，朗加和几个年轻人挤在一起，抖抖索索，心里无限悲愁。这时，远远地，只见矮小的师母，一瘸一拐给他们送来了滚烫的酥油茶和牛肉包子。师母看着朗加和几个年轻人狼吞虎咽，并不责怪他们，等他们吃完，像什么也没发生一般，领着他们又回到了寺院。而每天，自从刻经师们到来，师母都要做五顿餐。早餐、午餐、晚餐之间，还要给他们另外加餐两次。牛肉包子、新鲜的热酥油汁蘸牛肉、酸奶、奶茶、饼子和萝卜、牛肉煮面疙瘩以及酥油人生果米饭等不同并富含热量。西热门巴虽时时出手打人，刻经师们却在师母的悉心照顾下变得又白又胖。同时，刻经师们也不得不承认，西热门巴学识过人，每个人在他严厉的鞭策中，日日都在进步。并且，西热门巴打是打，却给每个经师每月300元的酬劳，这在20世纪80年代初，比一般国家干部每月工资的一倍还要多。

皮鞭下的雕刻

而除了分秒不离地监督每个人刻经，西热门巴每天还会给他们教授藏文、佛学、历史文化等课程。西热门巴的佛学造诣及精湛的藏文水平，也令朗加和刻经师们心生敬佩。想到如此种种，朗加和几个年轻人心中的郁闷及委屈渐渐消散。他们决心留下来，不当逃兵，完成波罗乡刻经人的使命。

四年的时间格外漫长，当朗加和七位刻经师在西热门巴棍棒的历练下，终于完成了寺院印经板的刻制，他们仿佛已脱胎换骨，成长为技艺超群的新一代波罗乡刻经师。离别的这天，朗加跪拜在恩师西热门巴堪布的脚下，将西热门巴敬为自己的根本上师。他将西热门巴堪布的照片装入自己铜雕的贴身佛龛里，从此无论去哪里，都戴在胸前。自此，朗加和波罗村木刻技艺也开始名传四方，接到来自青海、四川、云南、西藏各寺的多方邀请。朗加亲手雕刻的《甘珠尔》，也终于被收藏在德格印经院，实现了他少时对母亲的承诺。而前往拉萨刻经时，朗加还参加了色拉寺格西和甘丹寺赤巴们联合举办的区藏文书法大赛，在133位决赛选手中，脱颖而出，荣获第一名。

4

2015年5月的一天，我们慕名前往著名木刻艺术家朗加的家乡——西藏昌都江达县波罗乡冲桑村。

沿着昌都多曲河自北向南前行，翻越山岭，放眼望去，波罗峡谷草滩、森林和雪山如雕刻一般生动而格外隽美。据说这里人杰地灵，自古以来木刻艺人辈出，全国重点文物保护单位"德格印经院"中80%以上的印经版都出自波罗刻匠之手。

波罗木刻雕版技艺历史悠久，迄今已有上百年的历史。2008年6月，文化部正式公布的第二批国家级非物质文化遗产名录中，波罗木刻雕版制作技艺名列其中。波罗古泽木刻雕版起源于1676年，据说它的兴起、发展与德格土司有关，历史上四川德格、白玉以及西藏江达县的部分治区曾隶属德格土司管辖。佛教的昌盛，使印制佛教经文及图案的木板雕刻工艺得到了空前发展，加上波罗地区森林资源丰富，盛产适合雕刻的优质木材，为发展雕刻技艺提供了条件。土司等投入大量人力、物力，用刻版印刷方法，兼收并蓄各种学科、文献典籍，促进木刻雕版技术的发展，因此波罗刻版技艺日趋精湛，传承至今。

波罗木刻雕版做工精细、产品精美，属藏地雕版中的上乘之品。制作过程有严格的工序，流程可细分为裁纸、撰写、内文校对、印刷、临摹雕刻、经文校对、进油、晾晒、兑制朱砂、上色、防护、分页、核对、捆扎包装等近二十道工序。其中，通常的程序是先由一位享有盛名的藏文书法家把刻版内文写在纸上，经过多人仔细校对后，用特殊液体将文字印在木板上，拿到阳光下晒干，再由雕版艺人按照原文临摹刻制。成品经十余次校对，确认无误后刷上酥油汤晾晒，待晒干后涂上朱砂颜料，然后用一种能防虫蛀的植物熬成水，将成品浸泡、清洗，最后交付工人印刷即成。

木刻雕版按内容可分为雕版经文内容的经书版，雕版佛像、风马旗等图案为主的佛像版，以及美术版三种。在种类繁多的波罗木刻雕版中，尤其以《丹珠尔》和《甘珠尔》的经文刻版最为著名，两部经书用朱砂颜料印刷，堪称经典印版。

森林环抱中的冲桑村，雕版艺术家可谓众星云集。在一处藏东风格、红木二层的楼房里，我们找到了朗加的家。

朗加已经有四十多岁了。见我们到来，他热情地迎上来，步伐轻盈，精神抖擞，看不出一丝岁月的鞭痕。他的身后，他的长子索朗群培正盘坐在窗边刻着经版。

"这就是您的工作室吗？"我们好奇地四处看。工作室更准确地称呼应为家庭木刻作坊。作坊里除了两张卡垫外，没有任何家具，小桌子上放有写书法的纸笔，地上放着木版雕刻用的剃刀、刷子、磨石、牛皮护膝等四十余种工具。

"刻经板和木雕的工艺流程都在这里吗？"我问。

朗加笑道："我一会儿带你们一一看，先请到屋里喝茶吧！都准备好了。"说着，他掀开隔壁大房间的门帘，要我们入座。

房间正中靠墙是一架藏东大铁炉，铁炉上铜锅、铁壶等擦得锃亮，旁边的藏柜上摆放着巨大的各色古香的陶制藏坛。藏式卡垫矮木床围放一圈，在长条小木桌上，朗加的儿媳妇已经为我们摆放好了丰盛的食品：滚烫的牛奶、雪白的酸奶、冬小麦和热酥油汁做的"帕孜莫古"（酥油面疙瘩）、酥油人生果等，每人面前是同样的小四份。为了表示感谢和尊重，我们努力将各自的美食吃干净，朗加露出满意的笑容，又要给我们添，我连忙双手捂住面前的四个碗，连声道谢。朗加又添酸奶给我们，他的儿子和儿媳则分别要给我和司机再添奶茶。高热量醇美的食物令我们昏昏欲睡，见我们都婉言谢绝，朗加和儿子及媳妇显得有些担心。

"你们拉萨来的，吃不惯吗？"朗加问。

"不不，很好吃。"我解释道。在藏地吃得越多，表示对主人越友好，但我们"肚量"太小了。真难以想象当初朗加去西热门巴堪布的寺院刻经时，一天怎么能吃五餐，还吃牦牛肉蘸酥油热汁！那是高热量，格外油腻的。

"我能拍照吗？"还是司机聪明，他端起相机，连连拍摄美食，有效地分散了热情的主人的注意力。

我看到房子中间的梁柱上挂着一个铜雕的小佛龛，佛龛里有一位喇嘛的照片。

"那是您的上师西热门巴吗？"

"是的。"朗加取下来给我看，一面说，"上师已经圆寂了，火葬时骨灰里出现了七色舍利子。"

我望着朗加："那次离开上师后，您还见过他吗？"

"我每年都要去拜见他，他对我恩重如山。"

"他当初那样打你们，还真是下手很重啊！"我说，"您现在教儿子刻经也会打人吗？"

朗加笑而不答。索朗群培和妻子对视着笑了一下，有点儿害羞地挠着头说："我九岁就开始跟父亲学习藏文书法和木雕了。父亲有一条爷爷传下来的马鞭，常常抽打我。"

　　"哇，鞭挞中的木刻世家呀！"我望着朗加笑道。

　　"我带你们到楼下看印经版制作工艺吧。"朗加不好意思地低垂着眼皮。他看上去身材小巧，性情和善，没想到也会举鞭抽人。

　　"楼下是一个仓库。"朗加站起来往楼下走，像是不好意思再谈鞭子的事情。

　　推开一楼仓门，木料的清香扑鼻而来。"刻经版用的木料很讲究，一般选用不易裂纹的桦胶树，选取直而无疤的树段，分割、除水分后，放在畜粪堆中浸泡一年，再拿出来熏烘、刨平，就成了版胚。"朗加一面说，一面拿出板材和制作好的经版一一给我们看。

　　突然，有一叠纸从架子上滑下来。上面分别写着藏香、藏纸、木雕、藏陶、藏装等工艺名称。

　　"喔，我们以后想办工厂，想做这些。我父亲全部会。"索朗群培骄傲地说。

　　朗加自信地微笑着，带我们来到院子里说："我们想在这

皮鞭下的雕刻

里建一个 600 多平方米的手工艺工厂。"

我连连点头，仿佛看到他们父子满怀热忱，在未来的民族手工艺工厂中精雕细刻，众多的学徒成长如波罗乡漫山的森林。

"能教我一点点木刻吗？能刻一个我的藏文名字送我吗？"我满怀崇敬地向朗加师傅请求道。

"好的好的。"朗加满面喜悦地答应着，几步上楼，回到木刻室，抄起他的木雕宝刀，埋头为我们示范和雕刻起来。

不一会儿，朗加以他略有些沧桑的字体，给我刻了一个带手柄的、经版样式的精美藏文木制印章。

我欢喜地捧着这份珍贵的礼物连连道谢。索朗群培笑道："现在我们家一年可刻上百个木刻经版，销往四川德格印经院和石渠县，以及西藏安多等地。除传统木刻雕版外，也刻些小版作为旅游纪念品。还有人专程上门定做，刻完后电话通知来取货。你们以后需要就加我微信，通知我们就好。"

5

 告别朗加师傅出来，桑冲村一洗如碧的天空中，日月遥相呼应，一阵风过，漫山松林涛声阵阵，仿佛在为木刻雕版的"鼻祖"之乡波罗而轻歌；我手捧朗加师傅的亲手木刻印章，一时间，也沉醉在波罗乡工艺人美妙、深邃的刀工技艺之中……

题记：

昌都市隶属西藏自治区昌都地区，位于西藏东部，地处横断山脉和三江（金沙江、澜沧江、怒江）流域，昌都藏语意为"水汇合口处"。东与四川省相望，东南面与缅甸及云南接壤，西南面与林芝地区毗邻，西北与西藏那曲地区相连，北面与青海省交界，西望自治区首府拉萨。

昌都市作为昌都地区政治、经济、文化中心，拥有市级中学、完全小学、幼儿园、乡镇完小、小学教学点、职业技术学校等各级教学单位，农牧民子女全部享受国家"三包"政策，并于2012年成立了昌都市特殊教育学校，于2014年9月正式招生。从此，昌都地区的聋哑孩子们有了自己的校园。

求医遇见"佛"

——昌都特殊语言学校行记

1

在送多吉拉姆和布穷次仁两个聋哑孩子到昌都市特殊语言学校学习的半年后，我们终于有时间去看望他们。记得那天是"五一"劳动节。来到建在昌都市俄洛镇的特殊语言学校校园，我们被眼前的情景深深打动了。只见学校操场上，假日里的孩子们都没穿校服，有的在打篮球，有的在跳绳，老师在操场上寸步不离地陪伴着孩子们，被许多孩子围着，有的抓着老师的手，有的牵着老师的衣襟，更有顽皮的孩子追着老师嬉戏玩耍……学生和老师如此亲密，这在其他学校，我们未曾见过。

多吉拉姆和布穷次仁这时看到了我们。他们离开游戏的孩子，朝我们跑来。半年不见，两个孩子都长高长胖了，气色红润，满脸喜悦，望着尼巴村曾经不堪的聋哑孩子，往事不由历历在目。

2

那是 2014 年 5 月，我们来到昌都地区林卡乡尼巴村开展驻村扶贫工作。尼巴村当时只有 21 户人家，分散居住在狭长的大山峡谷中。因人均不足半亩耕地，生活十分贫困，又因为不通公路、不通邮、不通电话，就医看病和读书上学都十分困难。其中，村里有一户单亲家庭境况十分堪忧，年迈的奶奶赤列卓玛双目失明，八十多岁了。四十多岁的单身母亲次西卓玛疾病缠身，十六岁的多吉拉姆是个聋哑女孩，全家唯一健康的只有十八岁的少年桑吉群培。

为了帮助他们一家，我们决定先带次西卓玛和多吉拉姆母女俩去昌都看病。那天，尼巴村的清晨，原野的山花摇曳着水晶般剔透的露水，芬香飘逸。这些花草许多都是珍贵的药材，许多花果和叶子、根茎全部都能入药，从这样一个可谓"药洲"

的村庄出发，我们却踏上了漫漫的求医路。

村里的小伙子们骑摩托车一直把我们送到了叶巴村通往东坝乡的铁索桥。我们的运气很好，刚好有一队骡队帮水利勘探人员驮运物件，是叶巴的村民，他们微笑着帮我们把最重的行李驮上了，这样，我和次西卓玛和她女儿多吉拉姆一下子轻松了许多。

徒步到东坝有十多公里，烈日炎炎，但我们都很开心。次西卓玛的病似乎也轻了很多，她微笑着，每每见到嘛呢堆就要转佛。

"不要转了，别累坏了。等你病好了，到拉萨去转佛吧……"我劝她。

我们很快走到了东坝乡。这一站，我们的运气更好，因为我曾经的同事和朋友廖花已经派车等着我们了。

驻村工作，使我见到阔别二十多年的廖花，我们都从当年的青春少女步入了人生的中年。曾经那位灿烂活泼的美少女廖花，如今已成长为八宿县宣传部部长，干练而沉稳。我驻村期间的往返用车、为村民递交报告以及那次带尼巴村病人去昌都求医等，都离不开廖花的支持帮助。

从东坝到昌都车程七个多小时，次西卓玛和女儿多吉拉姆从没坐过汽车，吐了一路，我一分钟都不敢睡，并为自己没给她们母女俩准备晕车药而暗暗自责。

晚上十点多，我们终于到昌都市了。从林卡乡尼巴村大山深处乍到昌都市，惊觉昌都夜色格外华丽而辉煌。一弯弯街灯像水晶珠链，还有高楼大厦——我们一时都看呆了，母女俩也不吐了。

侄儿晶哲得知我赶到昌都，已通知他的同学来帮我们（他在咸阳民院读书时很多同学都来自昌都）。晶哲的学妹叫邓珠措姆，在昌都市委政法委工作。当她领我们走进"金碧辉煌"的康巴大酒店，说斯加已给我们订好了房间时，我和母女俩感觉身如梦境，一脸恍惚，不敢想尼巴村外竟如此繁华……

邓珠措姆送我们到房间，又送给母女俩新买的衣服和非常漂亮的鞋子，还邀请我们吃晚餐。当然，吐了一路的母女俩什么都吃不下，就留在房间喝点儿热水躺下了。多吉拉姆很兴奋，新的环境似乎让她一路受的苦全部释然了，她不肯睡，要我帮她开电视……

已经很晚了，我和司机跟着邓珠措姆来到酒店餐厅吃饭，其间，邓珠措姆和其他两位很时尚的昌都美女十分热情，但我发现包括司机在内，我们都显得有些木讷。丰盛的酒菜似乎令

再见日喀则

我们迷惘，饥肠辘辘却不知该从何下筷。那种倒不过时差般的感觉又袭来，满心只想着尼巴村，人们每天起早贪黑地在山坡上的梯田里耕种，女人们累得蓬头垢面拖着脚走路，一年四季除了吃糌粑还是吃糌粑，饿了就吃一口干糌粑……

明天就要带母女俩去医院了，该找谁帮忙呢？我心不在焉地吃着饭，满心焦急。当然，昌都地区卫生局局长邵晶是我西藏文联同事邵兴的哥哥。早听邵兴说起他有个弟弟如何英俊，但远去昌都工作后完全变成了康巴人，一口昌都方言，娶了昌都美女在昌都安家不肯回拉萨了。这次我驻村，邵兴专门把邵晶的电话给我，说有什么事可找他帮忙。

其实邵晶已经帮助我们好多次了，先是帮忙派医疗队到尼巴村，又帮我们安排村卫生员在县里培训，那次，也是他让我们带次西卓玛母女来昌都看病的。

虽未曾谋面，邵晶的故事却多有听说。据说邵晶本是西藏日喀则人，从咸阳民族大学医学系毕业后，被分配到昌都地区江达县医院工作。当时县医院缺医少药，甚至没有一个医学本科毕业的专业医护人员，邵晶便成为县医院骨干和"全科"医生；而除了在县医院看病，因江达山区交通不便，人们居住分散，难以及时前往县城救治等，邵晶和同事们便背起药箱，常年奔赴偏远乡村巡诊看病。一次，在江达县汪布顶村巡诊时，一位难产孕妇已疼痛十多天还生不出孩子。绝望的产妇哭泣着恳求亲人快点儿拿石头打死自己，好解脱生不如死的痛苦。病人亲属痛哭着，恳求邵晶帮忙。然而因距离县城路途遥远，邵晶只背了一个急救药箱和少量药物，简陋的乡卫生站里也没有任何救治的医药。

"怎么办？！"看到痛苦的难产妇和哭泣的乡亲，邵晶心如刀割，焦急万分。这些年在昌都行医，他看到农牧民淳朴善良，却因医疗奇缺，多有死亡或疾病缠身。而从小笃信佛法的母亲曾教导他，人活着，要慈悲为怀，要从善行德。当他告别故土和年迈的母亲踏上昌都的行医路时，老母亲虽恋恋不舍，却坚定地鼓励他："不要牵挂妈妈，你去给穷苦百姓看病，就是佛子行，你要好好工作，记住每一个病人都可能在累世中做过你的父母，要像对待亲人一样，关爱每一个陷于人生病苦的可怜人……"母亲的教诲树立起邵晶的人生信念和梦想。多年来，他几乎走遍江达县的山山水水，丰富的临床经验令他在百姓中成为人人称赞的好医生，然而没有手术室、没有任何消毒卫生设施以及医疗器械的情况下，他又该如何救死扶伤！

难产妇危在旦夕，邵晶已没有时间多想，他决定不顾一切，

再见日喀则

冒险救人。当他掀开难产妇腹部的遮挡，吃惊地看到难产胎儿已堵死在阴道口，难产妇腹部却依然鼓胀，他第一时间诊断难产妇膀胱积有大量尿液，果断针刺膀胱部位，抽出两大啤酒瓶的积尿，难产妇小腹立刻扁平，却已丧失气力。邵晶又叫病人家属拿来青稞白酒，加入酥油熬热，迅速为难产妇补充热能，难产十多天的产妇，终于生下了死在腹中的胎儿，平安脱险。就在产妇家属和众乡亲给绍晶献哈达、表达谢意之时，查格乡有人前来紧急求救，说有一个年轻小伙病危，因没有车辆，无法将昏迷的病人驮上摩托车送往县城救治，恳请绍晶大夫能赶去乡里救人。于是绍晶乘坐摩托车，翻山越岭，连夜来到查格乡。

病人十八九岁，高烧中已神志不清，绍晶仔细检查后，确诊为全腹膜炎，阑尾脓肿已达十多天。但查格乡卫生站里连一个手术刀片都没有，病人急需切开腹部进行引流治疗，情急之下，绍晶决定再次冒险救人。他向病人家属要来平常吃肉用的藏刀，在火上烧烤消毒后，准确地划开病人腹部阑尾点，将手伸入进行引流；又用仅有的土霉素软膏和红霉素软膏涂满纱布，做成引流用的油片条；没有生理盐水，就用本地产的土盐，放到水里烧开冷却，用作局部引流冲洗。在绍晶的日夜守候、救治下，病人阑尾、腹腔里的积脓源源不断地被引流出来，七天后，病人退烧，从半昏迷中清醒，脱离了生命危险……如此一次次在乡村"徒手行医"，绍晶大夫的名字已家喻户晓，深受农牧民群众的敬爱。后来绍晶调离江达，先后曾前往昌都地区多个县医院从医，但无论他到哪里，他治疗过的病人都会前去看望他，带着各自家乡的特产，寻找著名的邵晶大夫。

我们也很幸运，因为这时的邵晶大夫已成长为昌都地区卫生局局长。得知我们从八宿县林卡乡尼巴村翻山越岭带着村民来昌都市求医，邵晶立刻安排昌都地区第一人民医院专家为尼巴村民看病，医院为次西卓玛和多吉拉姆母女俩做了全面体检和会诊，邵晶局长又安排昌都藏医院的专家进一步给母女俩诊治，随后我们又联系到昌都部队医院再检查。

十多天后，经过多方检查和治疗，次西卓玛和多吉拉姆母女俩气色变得红润了，多吉拉姆更是变得格外快乐，她的聋哑病症虽已无望医治，但在部队脑外科专家熊院长的鼓励下，多吉拉姆已学会了吹气、吞咽口水等。看到多吉拉姆的进步，我们非常高兴，这时，邓珠拉姆又联系到昌都市特殊语言学校。

记得那天一早，邓珠拉姆带我们第一次去昌都新建成的特殊教育学校。学校建在俄洛镇。俄洛镇位于昌都市西北部昂曲河下游的广大河谷地带，317 国道（那昌公路）、昌都至马查拉煤矿公路纵贯全境，距离昌都市 13 公里。昌都地区师范学校、地区第二中学、俄洛镇小学、昌都职业技术学校等都建在俄洛镇。我们来到俄洛镇的那天，到处都是穿着校服的学子，小镇干净整洁，有着很好的学习环境和氛围。昌都市特殊语言学校的楼房和院子都是新修的，老师们在大门口热情地迎接着每一位前来报名的孩子。

我们说明缘由，将户口本交给老师，多吉拉姆竟在几分钟后被学校录取。次西卓玛万万没想到自己聋哑了十六年的女儿还能入校读书，一时间竟迷惘得说不出话来。

"你留在学校读书好吗？"我比画着，有点儿担心地问多吉拉姆，毕竟长这么大，她是第一次走出尼巴村。多吉拉姆夸张地又蹦又跳，拽着我的手表示不和妈妈回尼巴村，要留在学校读书。这时老师走过来，用哑语和多吉拉姆比画着，帮助我们沟通。在确认母亲和女儿都同意入校后，老师带我们前往学生宿舍和教室。

老师介绍说，崭新的、专为聋哑孩子开办的昌都市特殊教育学校成立于 2012 年，2014 年 9 月正式招生。学校占地面积为 12000 多平方米，建筑面积为 6875 平方米。其中，综合教学楼 3400 多平方米，有 16 间普通教室，以每班 12 个学生计算，可容纳 192 名学生，并有 8 间功能教室及办公室和会议室。学生宿舍建筑面积为 1500 多平方米，共有 23 间宿舍，可容纳 92 名学生。另外还建有一栋教师宿舍楼和一栋 800 多平方米的多功能餐厅。共投资 2000 多万元。在学校的建筑格局上，充分考虑到了学生的特殊性，生活区、运动区都铺设了特殊地砖，教室的大小、走廊、门窗、楼梯、扶手，宿舍床位大小、高度、摆放位置、各类安全措施都达到了特殊学校建设标准。同时，学校从各县普校招聘了 12 名教师，这些教师已分别在重庆、拉萨、山南等地接受过系统的特殊教育学校岗前培训。目前，学校根据全国特殊教育学校课程设置标准，开设了藏文、数学、语文、英语、品德生活（社会）、体育、美术、律动、语言训练、定向行走和康复训练等课程，使用全国统一的手语和盲文对学生进行教学和训练。微机室、图书室、广播室、言语视听康复室、美术室、心理咨询室等一应俱全，力求最大限度地补偿缺陷，激发学生自强自立，克服身心障碍，以良好的行为习惯和健康的心态快乐成长。学校为九年义务教育，根据孩子们不同的聋哑程度分班针对性分别教学。多吉拉姆和来自昌都地区各个乡村的五十多名聋哑孩子是学校建成后的第一批学子。

听着老师的介绍，我们来到了教学楼，看到每间教室里老师的讲台上放着一只小鼓，用来让孩子们感受震动力，配合教学。学生每人一张课桌，教室里另外还有供孩子们课间烧水、喝水用的茶壶、茶杯。学校餐厅在教学楼和宿舍之间，窗明几净，消毒柜、碗柜以及学生每餐饭菜留样的冰柜等等十分规范和齐全。而走进学生宿舍楼，只见多吉拉姆即将入住的宿舍，有四张床铺，每张床上都铺着崭新的藏式羊毛卡垫、崭新的被子、毛毯，衣柜、书桌、盥洗用具等全部齐备。宿舍旁边是宽大明亮的盥洗室和沐浴室——漫步校园，绿树摇曳，鲜花盛开，更有一位位笑容可掬的老师犹如聋哑孩子们亲密的朋友……

我、多吉拉姆和次西卓玛惊喜万分，忙拨通电话联系和通知尼巴村的另一位聋哑儿童布穷次仁，让他家长带他马上前来昌都市入读特教学校。

布穷次仁只有十一岁，但已完全聋哑。因生父年迈，母亲已过世，布穷次仁一直寄宿在尼巴村哥哥和嫂子家。一出生就丧失了听觉的他，总是羡慕地望着村里的孩子们放假归来，又坐上摩托走出大山去读书。他眼里，满是对学校和书本的渴望。没想到我们驻村工作不到半年，竟有机会能帮助村里两个聋哑孩子上学。

布穷次仁的哥哥接到我们的电话，也格外欣喜，在八宿县办好一切手续，乘客车很快赶到昌都市特教学校，布穷次仁顺利入学。

3

两个苦孩子的命运从此改变了。半年后我们再到昌都市特殊语言学校时，布穷次仁已有一米六了，从未读过书的他，已成为班里的班长和学习委员，成绩名列前茅，其中数学成绩和藏语文成绩一直都是全校前三名。多吉拉姆不仅长高长胖了，还梳着满头七彩的小发辫。过去自卑、见人就跑的她，看见我们，立刻欢喜地迎上来，拉着我们到她的教室，翻出本子要我们看她的作业和她写的自己的藏文名字。这时，老师告诉我们又一个喜讯，昌都特教学校今年冬天就要在每间教室和宿舍给孩子们装地暖了，无论寒冬怎样漫长，特教学校的聋哑孩子们将生活在春天般的校园里。

这一切，好像一场梦，尼巴村无助的聋哑少女千里迢迢原本只是随母亲来昌都看病，却不想除了看病，竟从穷乡僻壤步入了美丽校园——当然，一切并非梦幻，只是一路走来，廖花、邓珠措姆、邵晶、医院里的各位专家以及昌都特教学校的老师们，他们的爱心和帮助，使我们仿佛求医遇见了"佛"。

题记：

从扎曲河、昂曲河汇流为澜沧江的昌都市出发，向北沿扎曲河上行 120 公里，经日通乡、柴维乡，直到卡若区东北边缘的嘎玛乡，藏语称这条狭长的河谷为"扎德"——扎曲河上游。这是距离昌都市最近的一条风景线，不仅山川风光秀丽，更是著名的金银工匠之乡、唐卡画匠之乡。

燃情岁月

——嘎玛沟铜佛打制传人贡嘎平措一家的故事

1

四月，我们从昌都市出发，慕名去往著名的"民族民间手工艺术之乡"嘎玛沟。据说那片具有传奇色彩的深沟里，住着3000多人，其中就有450多位身怀绝技的手工艺人：绘画唐卡、打制佛像、嘛呢石刻以及金银匠、皮匠、木匠、铁匠等无所不有，无所不能……

我们沿着扎曲河北上，120多公里的道路中，214国道铺就的柏油路只有30公里，再往噶玛沟里行驶，道路又开始在悬崖峭壁之间颠簸盘绕。也许是连日奔波过于劳累，也许是窗外过于惊险，四个多小时飞腾的路上，我像置身一个疯狂的摇篮，竟睡着了。事实上，这段时间以来，面对瞬间可能粉身碎骨的险峻山路，除了酣然入梦，我还能有别的选择吗——

但当耳畔的河水唱起舒缓的歌曲，汽车驶入一片平原，我惊醒了！这样平坦的远景在昌都地区是少有的，只见云蒸霞蔚的山峦远远退到了地平线上，杉树、桦树和松柏林温柔地环抱着这片湿润而葱郁的原野，我们一直被大山阻挡的饥渴的双眼，这时突然看到了远方。

远处，一幢幢石木结构的房屋高低错落，房屋的一层大多用不规整的石块垒筑，二层用一根根整块的圆木建成墙体和门窗，古朴而沉稳，并都涂上了近似僧尼衣袍的"喇嘛红"，远远望去，好似一群群聚集的出家人，在河水的两岸，在广阔的草甸上静静地追溯和守望着庄严的嘎玛寺。

我们经过噶玛乡政府所在地，原计划先去朝拜千百年来滋养和恩泽着嘎玛沟人民的著名藏传佛教噶玛噶举派的母寺噶玛寺，但刚走出不到一公里，却被里土村传来的"打击乐"所吸引，不由循声改道。

在这之前，我们有通过资料了解嘎玛沟的全貌，得知嘎玛

再见日喀则

沟里土村地处昌都市卡若区北部，位于扎曲河西岸，北与青海囊谦县接壤，东与卡若区柴维乡交接，西南部与卡若区约巴乡毗邻。里土村有着从事手工艺的悠久历史，村内的传统手工艺有以打制佩饰为主的银铜工艺、唐卡艺术、铜佛像打制工艺、石刻工艺等。当然，我们没想到这次会在半路转道，十分唐突地敲开了祖祖辈辈锻造铜佛像的著名工艺人贡嘎平措的家门——

2

贡嘎平措家在一片山清水秀的坝子上。推开院门，只见四方形的院落有两层高。土夯、石木结构的民居，一眼可知室内基础设施很简陋，没有太阳能热水器，洗不上热水澡，没有上下水，靠烧牛粪和柴炉取暖做饭。藏地民居外表艳丽和房屋宽大常令外地人惊异，但这在地广人稀的藏地是具备条件和符合现状的。更关键的一点是，在昌都地区，人们仍是几代人共同居住和生活，所以宅院修得很宽大。

进到贡嘎平措家，二层的客厅里五颜六色，墙壁、木柜、梁柱、卡垫上都绘满了绚丽的图案，主人对生活的热爱在各处跃现着。不过，来不及坐下来喝一杯热茶，隔壁作坊里传来的敲打铜器的声音，已令我们十分亢奋，我们随着声响大步跨去。

只见三十平方米左右的作坊里晨光流泻，三位英武的康巴汉子正高坐在各自的工作架上抡锤敲打着铜器。坚硬的红铜，在他们铿锵有力和巧妙的敲打中，一锤一锤竟浮现出佛的笑容。我怔怔地望着眼前恍如梦境的场景，看到他们手臂上强劲的肌肉仿佛挥动起沧桑岁月，却又满怀柔情——年龄大一些的可能就是贡嘎平措吧，但他看上去不过五十出头，气质昂扬，肩宽体壮，脸上蓄着略微发白的一圈浅浅的络腮胡，头发上系着有些褪色的红缨子，一双大大的眼睛坦诚而质朴。他的身边，是他的儿子和孙子。儿子叫多吉塔孜，三十二岁，身段修长，五官像精雕细琢了般分明，可谓令人侧目的美男子！乐呵呵的孙子秋勇泽美面容白皙，活泼而聪慧。见我们惊诧地望着他们爷孙三人，他首先停下手里的活，笑容可掬地向我们问好。接着，其他两位也放下铁锤站起来，于是突然静下来的作坊像是暴雨骤停，耳畔只有他们爷孙三人如幻的话音："雅木！雅木！"（康巴人见面时的问候语）

"打制铜佛的声音太激烈了，长期如此，你们的耳膜能承受吗？"我的耳畔依然是一片金属碰撞的回响，以至于自己的声音听上去都很是缥缈。

"我们喜欢听铜锤撞击在一起的声响，一天听不到都不开心……"秋勇泽美笑起来脸庞上有一对好看的小酒窝。

"是吗？！"我一面惊异地应着，转眼才看到自己正身处已打制完成的一尊两米多高的四臂观音佛像前。我忙恭敬地朝后退，却见一只佛的手臂在地上，佛的尊容则被放在另一边。举目环顾，作坊里到处都是佛菩萨的局部或截肢。我有些不敢挪动步子了，满目的残缺竟令我的心感到隐隐的伤痛——我抬眼悄悄注视正在和觉罗说话的贡嘎平措爷孙三人，听到他们解释说，在打制佛像的过程中，先要把各个部分分解，腿、手、躯干和头部都是分开打制，然后再焊接在一起——我突然想到自己曾经写过的《佛说》里的诗句：

双眼虚空

看见也看不见

苹果般喜悦的双唇即使被分解

还是微笑着

每个嘴角都在宁静地微笑

外来的打击丝毫改变不了我的笑容

以及我的身体从里到外甚至没有心

没有脏器

所以即使切割我

也不会流出一滴血

所以看不到我有一丝痛苦的伤

我是空的却又真实如金

当人们肢解我

可以再冶炼成器

也可随风散去

这都没有关系

因为我

原本来自人们的内心

那些不安的心呀

只因为没有眼见而彷徨

只因为没有触及而唯恐遗忘

所以有一天

又会从各自的心里请出我

用金属把我再铸造

就可以跪拜在我的面前

叫我一声佛

……

3

"我们是严格遵照《度量经》中规定的比例和尺寸标准，首先在专门的纸张上打好格子，画图纸，再分解成局部分别打制。"贡嘎平措拿来一张格子上画好的佛的造像，要我们细看。我的目光却落回到一张张平面的铜板上，我想，当它们变成佛的手臂、面容和头冠时，沉沉的夜晚，工匠们是否不堪停滞，在黎明的第一时分，为了一尊殊胜而完美的佛塑，将奋起轮锤、焊接和雕琢——我仿佛又回到了先前不绝于耳的铁锤、电焊、凿子与生硬的铜板撞击、摩擦、融合时交汇的音响中，侧耳细听，就能听得到工匠们击鼓般"咚咚"的心跳。

"是的，是的！"贡嘎平措连连点头坚定地说，"长年累月，我们没有固定的时间，每天日出而作，日落而息。除了我们嘎宗家族，还有二十多个来自各地的学徒。"

"嘎宗家族？"我问。

"我们的祖先曾是吐伯特松赞干布的大臣。"贡嘎平措在藏袍上套着一件蓝布工作服，健壮胸肌的轮廓在他自豪的话语间凸出可见。他在我的笔记本上写下家族的藏文名称，邀请我们到客厅小坐。

回到客厅，我们坐下来刚要端起茶杯，目光立刻被一位怀有身孕的女子吸引了。她面色娇美如少女，头上和胸前戴满了九眼天珠，硕大的红珊瑚、绿松石。她在珠宝配饰的"叮咚"中，正在火炉旁擀做面食。

贡嘎平措爷孙三人给我们端来了满满一盆子风干肉、洁白的酸奶和滚烫的牛奶，他们彬彬有礼地隔着藏式木茶几站在我们对面，热情地一面请我们品尝美食，一面和我们畅谈。珠链满身的女子温婉地看看爷孙三人，转而对我们笑笑，又微微低下头擀着面。

她贤惠而坚韧，身上集中了藏族传统妇女的所有美德——终其一生勤恳地在嘎宗家族里操持家务，孝敬老人，生儿育女，并照顾着家里的耕地和牛羊，把家人紧密团结在身旁。如今，嘎宗家族四代同堂已有二十一口，出家的僧尼有七人，十四位在家的人中有十一位男人，其中六位成年男子全部继承了祖辈传下来的精湛的打制铜佛的手工艺。

当然，家族传承下来的并不仅仅是锻造铜佛的手工艺，更是一种执着、坚定的对佛法的信仰。心怀如此炽热宗教情怀的嘎宗家族，才得以家业兴旺，幸福和睦。而嘎玛乡所有的手工艺都几乎围绕着弘扬佛法这一主题，这种广大的发愿，使嘎玛乡的手工艺人表现得自尊自爱，无人酗酒、赌博和斗殴——贡嘎平措说，嘎宗家族打制铜佛的手工艺以及嘎玛乡其他金银、唐卡、石刻等几乎所有手工艺的诞生和传承，都来自嘎玛乡嘎玛寺的福泽，是从 1185 年修建嘎玛寺起始，并得以世代相传的。

不过我们也看到另外的传说：七世噶玛巴（1454—1506）维修扩建嘎玛寺时，从尼泊尔请来了打造佛像的工匠，这位尼泊尔工匠完工后就定居在里土村，使得打制铜佛的手艺得到传播。

"我们打制的佛像在西藏以及四川、甘肃、云南等藏地远近闻名，每年接到的订单和邀请应接不暇。"贡嘎平措说话时，他那英俊的儿子多吉塔孜靠在圆木柱子上，点头微笑着，那洒脱的气质像极了美国西部牛仔。

4

隔着摆满食物的藏式茶几，贡嘎平措爷孙三人仍然姿态各异地和我们交谈着。耿直而质朴的贡嘎平措一直正对着我们说话，胸前挂着的那串佛珠闪烁着暗红色的光泽，我还看到他脖子上系着的一颗极其珍贵的天珠，这使得他看上去更加具有了一种神秘的岁月感——多吉塔孜始终笑吟吟地靠在圆木柱子上，头上垂着有些松散的黑樱子，披着黑色皮夹克，言语不多，显得高贵而优雅，像一位见多识广的绅士，而帅气的秋勇泽美最爱说话，一开口总是比画着，脚下不固定地挪动着，面对我们这些闯入的"外乡人"，他似乎更加活泼和快乐了："以前打制铜像都是用剪刀手剪铜板，手非常痛，总是磨烂、起水泡，伤口很难愈合，现在我们用电动切割，非常好！"秋勇泽美愉快地对我们说着，回过头又用康巴方言对还在擀面的女人说了几句什么，神情既亲切也很有分寸。

"你们总是打制那么大的佛像，很费体力吧？"喝完他们家滚烫的牛奶，我们又盛情难却地吃起美味的风干肉。贡嘎平措给我们每人添满了酸奶，我有些顾不上说话了，在三位康巴汉子的注视下，继续品味起酸奶。洁白的酸奶是家里女人们亲手挤来牦牛奶酿制的，含在口中除了醇美，还感受到一种一如这个大家族的美好生活方式和爱与尊重，以及他们好客而纯净的心意——

"根据前来定制的人们的需要，我们也要锻造小佛像的。"说着，等我们每个人把各自碗里的酸奶吃得干干净净，贡嘎平措走在前面，带我们从客厅来到佛堂。

只见高高的佛龛里供奉着三尊铂金的燃灯佛、释迦牟尼佛和未来佛，那些镶满珠宝的精美佛冠、精雕细镂的佛佩饰和佛衣及莲纹以及丝毫看不出焊接缝的幅度完美的佛指——不敢想象是由贡嘎平措他们康巴汉子粗大的双手打制出来的。

"我们锻造打制的佛像比尼泊尔的价位低，工艺上毫不逊色……"贡嘎平措说话的声音在佛堂里放低下来，他双眼满含虔诚地凝望着自己的作品，仿佛沉浸在回忆中。就在那一刻，我又发觉身旁这位坦荡而硬朗的康巴汉子，宽阔的额头透露着静默和智慧之光，具有一种古印第安长者的气度。

"我们几兄弟八九岁就开始跟着父亲学习手艺了，在学习中，能得到父亲的肯定是让我们最高兴的事。"多吉塔孜对我说。他微笑着，英俊之中显得十分仁善。

从佛堂出来，贡嘎次仁又叫儿子和孙子一起搬出一个新近打制的大型铜制曼扎。当我们久久凝望着佛教里象征另一宇宙时空的"模型"，想象时光之轮如何从里而外驶过我们的身心和尘世时，情不自禁地自语道："来世，我们都会怎样呢……"

快乐的帅小伙子秋勇泽美第一个回答说："我想办工厂！办一个宽敞明亮的打制铜佛像的大工厂！但愿不用等到来世！现在的作坊太小了，佛像和材料搬上搬下很费力，在小作坊里焊接也很不安全，容易失火。"听完秋勇泽美与来世无关的梦想，大家都点头笑了。的确，二楼上那不足三十平方米的小作坊，怎能施展他们具有古老传承的精湛手艺啊！

"还有那么多学徒，他们的吃住都很困难。"多吉塔孜补充道。看来他的愿望，关乎的也是现在。

"如果来世——"贡嘎平措的目光变得遥远起来，"我还是希望能去往净土，去到香巴拉境界……"他的话音刚落，刚回来的几个学徒走进作坊，敲打起了铜板。那强有力的锤音，像是瞬间穿过时空，把我们从贡嘎平措向往的美好来世中，拉回到了现实。

大大小小的雨点这时飘落下来，我们该告辞了。我感到不舍，还想留在他们的小作坊里，仰望英武的康巴男子们抡起有

再风日喀则

力的臂膀，如梦如幻中，一锤锤将坚硬红铜敲打成一朵朵绝妙的莲花和一尊尊普世的菩萨。

　　雨却越下越大了，我们要出发了。返回的路上，只见嘎玛沟辽远的山群被雨雾缭绕，传说中，文殊菩萨举起的犀利宝剑在凸起的山脊若隐若现，好似工匠们智慧的光焰在天际盛情燃烧……

题记：

类乌齐县隶属西藏自治区昌都市，位于西藏自治区东北部，东经 95° 49'-96° 58'，北纬 30° 58'-31° 58' 之间，北与青海省囊谦县相连，西邻丁青县，南与八宿县、洛隆县接壤，东与昌都市卡若区毗邻。其中，西藏类乌齐国家级自然保护区就位于类乌齐县西部，总面积 120614.6 公顷。

类乌齐马鹿自然保护区成立于 1993 年，2005 年晋升为国家级自然保护区。主要保护对象是马鹿及其生存环境，属野生动物类型自然保护区。类乌齐马鹿自然保护区具有极强的典型性、自然性、感染力和科研潜力，分布着多种珍稀濒危物种，面积大小适宜且处在生态脆弱的青藏高原亚高山森林与高山草甸过渡地带，无论从保护生态环境来讲，还是从保护生物多样性方面来讲，都具有极高的保护价值。

生命的礼赞

——邂逅野生马鹿群

1

在西藏，藏族人可谓会走路就会跳舞，会说话就会唱歌。其实，生活在西藏的其他生灵也无一例外，它们在山峦秘林以及江河旷野无时无刻高歌低鸣。细细聆听，犹如天籁弥漫，群星聚集，又似波澜壮阔，美妙细微——

记得我们在昌都八宿县林卡乡尼巴村那个几乎与世隔绝的村落工作和生活的那段日子，每天都会被来自山岭深处大自然的歌声所萦绕。

尼巴村是一个在地图上还没有标注的小村落。这个村庄实在太小了，深藏在重重大山的臂弯中，从村里的小河谷、海拔2900米起，向阴坡峡谷向上走，走到最后一户人家为止，不足五公里，全村所处位置海拔最高处3500米（这不包括更高的原始林区）。东西方向最宽处也就1000多米一点儿。村辖域内有23户人家，100多人。如今实际居住的只有14户，其他9户已举家迁入八宿县城白马镇居住。因此尼巴村每天都静得出奇，只有花香猛烈，只有蜂鸣鸟唱，尤其到了夜晚，老鼠、各类甲虫和远山兽类的长啸，像是奏响了宏大的交响曲。那样的夜晚，满月如水，我屏息聆听，万分沉醉。

收割季节到来时，白天的歌声更加多样。田间地头农人们一面拔青稞，一面挥汗高歌；下山来偷青稞的猴子、黄鼠狼、狐狸、旱獭歌声各异，也纷纷出动，仿佛要与农人们一起欢庆丰收。

那天，我们被人与兽的合唱所吸引，也跑去地里拔青稞。采花蜜的蜂群始终盘旋歌唱着，田间水流中，也有青蛙和蚂蚱跳跃着以它们特有的音色打击着节奏。蚂蚁无语，却以搬运青稞粒的队形，表达着心灵的歌舞。快到下午四点钟时，烈日高照，忽然，东面山峰之上响起咿咿呀呀的"小合唱"，正在埋头拔青稞、大汗淋漓的村女嘎松措姆听到那远山之歌，抬头远眺，突然像个欢喜的小孩般手舞足蹈起来："宙、宙、宙（康巴藏语猴子的发音）……"我们顺着她手指的方向，也忙掏出相机连连拍摄漫山遍野的猴群。

那是一群短尾猴，每到青稞熟时，它们就会从山上的森林里下来，分享村民丰收的果实。它们成群结队、大张旗鼓、欢歌笑语地来到青稞地里，敏捷灵巧地蹦来跳去，捡拾落在地里的青稞穗，在手中揉搓，把麦芒全部揉搓干净了，才津津有味地吃起来。它们大多黄昏时分来，白天在山头远远眺望，等待村民离去。村子里没人想要驱赶它们，听到它们在山巅跃动欢跳，村民总是格外高兴，发出长声呼唤猴群，让它们不要怕，请它们下来美餐，可惜猴群听不懂人类的语言。

有时我想，也许因为村庄远僻，猴群的到来使村庄变得热闹而喜庆，人们在大山中，也少了些许生命的孤独吧。那段时间，尼巴村民一面拔青稞，一面不时抬头远眺，希望能看到猴群。其实尼巴村因地处山区，开垦出的青稞地人均不足半亩（350平方米），窄小的梯田，土层薄且砾石参半，每年的收成只够一年的口粮，即使如此，村民中没人因猴子偷食青稞而迁怒和伤害猴子。他们宁愿自己少一些口粮，也希望与猴群、与所有

生命的礼赞

非人类生命同处，分享空间和粮食。

尼巴村民的胸怀，令我难以忘怀。

记得刚到尼巴村的一天，我们上到村东面的后山林区，发现那片树林里很适合散养藏鸡，一旦发展起来能帮助村民增加经济收入，改善生活，但几次与村民交流沟通中，都遭到拒绝，村民一听说"养鸡"，立刻瞪大眼睛，吃惊地摇头。

"散养藏鸡，不杀生的，只用采买藏鸡蛋。"我们连忙解释。

"鸡会吃虫子，会吃蛾子，还会吃蚂蚱……那也是我们间接杀生，我们可不要参与到这种畜生道中恶性循环的食物链里。"村民纷纷表态，反应很是强烈。其实，村里一年四季除了糌粑，少有蔬菜和肉类可吃。村民们不愿意屠宰牲口，每家圈养的几头牦牛和马、骡子，只用来挤奶、打酥油和农耕用。因人畜没有分开，村民家里苍蝇成群，但也不肯用杀虫剂。所以，在尼巴村，我们每天都身处人虫、鸟雀、野兽等组成的生活空间里，倾听着各类生命合唱的凯歌。

也许正因为这样的民风民俗和对生命的认知与恭敬，当我们奔驰在峰峦起伏的藏东高地，才得以遇见众多的生命形态，并邂逅美丽的野生马鹿群。

2

那是 2015 年 5 月，当藏东红铜铸就的群山如孔雀开屏，我们一行来到被誉为"小瑞士"的类乌齐，前往长毛岭马鹿国家级自然保护区。

类乌齐长毛岭马鹿自然保护区成立于 1990 年，2005 年晋升为国家级自然保护区。

保护区总面积 120614.6 公顷，初夏，只见长毛岭马鹿保护区里，高山草甸一望无际，念青唐古拉山余脉伯舒拉岭、他念他翁山在遥远的地平线上温柔地伸展着双臂，上千匹马鹿，在开满格桑花的草甸上奔跑或憩息。澜沧江的支流吉曲、柴曲和格曲像洁白的哈达，由西北向东南飘舞着。通过望远镜，我们看到一群小马鹿跟着爸爸妈妈正在哈达萦绕中沐浴和饮水。这时，太阳好极了，每当马鹿摇动它们美丽的鹿角，就听见阳光"哗哗"流淌的声音，好似仙境中弥漫的奇光幻影。我们趴在草地上，远远观望着，惊喜得不敢相信自己的眼睛。而据相关资料统计，保护区内除了马鹿，还有脊椎动物 180 种，分属 4 纲 13 目 47 科。其中鱼类 1 目 2 科 3 种，种数占总种数的 1.7%；两栖类 1 目 3 科 4 种，占 2.2%；哺乳类 5 目 13 科 39 种，占 21.7%；鸟类 6

目 29 科 134 种，占 74.4%。一级野生动物有 10 种；国家二级野生动物有 34 种。马鹿属哺乳纲，鹿亚科，鹿属。野生马鹿是大型珍兽，属国家和自治区二级重点保护野生动物。

"你们可以走到他们中间去拍照。"说着，一位五十多岁的妇女走来，将背上背着的一麻袋圆萝卜在草地上撒成长长的半圆形，我们刚好在弧形之内，顿时，成千上百匹马鹿飞奔而来，沿着萝卜干把我们围在了中央。当它们欢喜地享用紫色的、类似玛咖的萝卜干儿（蔓箐，又名元根）时，我们终于能够近距离凝视它们了。

原来，马鹿是仅次于驼鹿的大型鹿类，体形颇似一匹匹小骏马。雌性马鹿看上去个头比雄性马鹿小，长长的头和面部上，有一对温柔的大眼睛，睫毛长长的，闪烁着太阳的光影，眼睛两旁是一对可爱的圆锥形大耳朵。鼻端裸露，湿漉漉的唇是纯褐色的，额部和头顶则为深褐色，面颊泛着浅浅的褐晕；脖颈和四肢修长而优雅，蹄子看上去却结实有力，尾巴则乖巧短小。而雄性马鹿个个顶着花枝般的巨大鹿角，威武地跑动时，头顶的鹿角像海底一丛丛奇美的珊瑚花，又像招展的春天在呼唤缤纷的花朵。

我捡起一块元根慢慢走近一匹雌鹿，它抬起一双清澈的眼睛怯怯地望着我，我每向前走一步，它就优雅地后退一步。

"它们怕生人，不会吃的。"刚才给马鹿撒喂元根的那位妇女笑道，"你们靠后一点儿，看我的。"说着，她朝马鹿群呼唤了几声，立刻跑来三头马鹿，一头是雌马鹿，另外两头雄性马鹿顶着美丽的花枝，它们吃着那位大姐手心里的元根，任她抚摸和喃喃低语，那情景，令我们怅然和深深地感动……

"那两头雄马鹿是雌马鹿的孩子。"那位大姐和马鹿们亲昵一番后，坐回到草地上，遥望漫山遍野的马鹿群，给我们讲述了她和马鹿的故事。

3

那是40多年前的一天，大姐名叫向秋拉姆，那时还是一位十六七岁的少女，在类乌齐草原放牧时，遇到暴风雪，她赶着羊群躲到一个山窝里，却看见两头刚出生的马鹿依偎着已死去的妈妈瑟瑟发抖。向秋拉姆把小马鹿抱回家，嘴对嘴地喂它们糌粑粥和牛奶，晚上怕它们冷，又抱它们睡一个被窝，小鹿终于活下来并渐渐长大，一听到向秋拉姆的声音就像孩子般跑来她的怀里。后来，向秋卓玛放牧时也带上它们，它们特别喜欢钻到灌木丛里，远处许多的马鹿也在默默眺望。终于有一天，两头马鹿朝山上的马鹿群奔去。向秋拉姆流着泪望着它们远去的背影，以为再也见不到它们了，没想到在一个下雪的冬天，两个马鹿中的一个雌马鹿踏雪归来，还怀有身孕。向秋拉姆格外欣喜，全村人也认为这是吉祥之兆，如此，在向秋拉姆的精心照顾下，马鹿妈妈终于顺利产下三头小马鹿。开春时，马鹿妈妈带着三个幼崽，一步一回头，返回山野。后来，每年冬雪来临，都会有成群的马鹿下山，等待向秋卓玛和慈悲的村民们给它们喂食糌粑、萝卜干和干草料。终于，1990年，国家开始正式建立野生马鹿自然保护区。向秋卓玛成为第一个保护区的工作人员。当饥饿的马鹿三三两两在大雪纷飞的冬季胆怯地下山、靠近村庄觅食时，向秋卓玛成功地把它们引入土墙垒起的保护区围栏中，整整一个冬天，当地的农牧民还把自家储藏的饲草料送给保护区，使向秋卓玛和保护区的同事们得以给马鹿们提供充足的饲料，使得马鹿们安全过冬。等到次年冬天，那些从保护区回到山岭的马鹿竟带来更多的母鹿和小鹿，而且年年递增，围栏已经可以拆除了。

"度过了寒冬，过几天它们要上山去了。你们若再晚来半个月，就看不到这么多马鹿了。"向秋拉姆对我们说时，已从四十年前的美丽少女，变成了一位慈祥的"马鹿妈妈"。这时，远远地又走来两位扛着两麻袋元根的男子。年老一些的叫扎噶，是向秋卓玛的丈夫，另一位叫旺青多吉，他们都是马鹿保护区的工作人员。向秋拉姆和丈夫扎噶，因马鹿结缘，已在保护区工作了二十多年，而二十年后，类乌齐野生马鹿群已发展到上千头，成为了世界上独一无二最大的野生马鹿保护区。

4

在我们依依不舍告别美丽的马鹿和慈祥的"马鹿阿妈"向秋拉姆时，又传来喜讯：昌都地区开展第二次野生动物资源调查取得重大发现；新发现雪豹、鹗、棕尾鵟、灰背隼、云雀和喜马拉雅斑羚等多个野生物种。其中，自治区林业调查规划研究院院长朱雪林介绍，雪豹当时潜伏在海拔4600米左右的陡峰处杜鹃灌丛中，调查组工作人员通过影像分析得知，这只雪豹体长80—100厘米，尾长70—80厘米，体重40—60公斤，是一只3—5岁左右的成年雪豹。雪豹善于伪装、生性机警、动作迅速，为进一步了解昌都区域雪豹活动情况，调查小组已选择适合的控制点，架设了多台先进的红外线自动数码照相机，希望获取更多雪豹活动的信息。而近年来，雪豹种群数量恢复较快，活动日趋活跃，在珠穆朗玛峰国家级自然保护区、羌塘国家级自然保护区、山南地区等地都发现过雪豹的足迹。为了解喜马拉雅雪豹的生存状况，珠峰国家级自然保护区管理局于今年5月成立了雪豹保护中心，专门从事雪豹保护工作。雪豹是国家一级保护动物，因常在雪线附近和雪地间活动，被称为"雪山之王"。根据《西藏第二次陆生野生动物资源调查工作方案》和《西藏第二次陆生野生动物资源调查技术细则》要求，自治区林业调查规划研究院与国家林业局中南林业调查规划设计院组织专业技术人员，于2015年5月，已分成多个调查小组赴昌都地区3个常规调查地理单元、12个调查样区，展开为期4个月的雪豹等珍稀濒危物种专项调查和鸟类常规补充调查。与此同时，相关调查还显示，地处横断山脉和澜沧江、怒江、金沙江三江流域的昌都地区，是西藏第二大林区，森林覆盖率达31．7％，原始森林植被多样，天然沼泽湿地保存完好，野生动物种类约占全西藏野生动物种类的80%，其中珍稀动物约占全西藏的40%。被国家列为一、二级重点保护动物的就有71种，其中芒康红拉山自然保护区内国家一级保护动物滇金丝猴数量从500多只上升到700多只。目前，昌都地区已建设38个自然保护区，保护区总面积 697007 公顷，占昌都总面积的 6.3%。

在离开类乌齐马鹿保护区的路上，飞鸟、岩羊、獐子和猴群时常从公路两旁的灌木林里窜出来，好奇地望着过往的车辆，一转眼又消失在山岭丛林中。茫茫夜色中，我们还听到了狼的长啸、猫头鹰的吠叫以及夜莺的歌唱——这片奇骏的土地，不愧为动物学家赞誉的"雉类王国"，王国中，人与禽与虫类与兽和睦共处，生命在这里没有高低贵贱。而正是这般众生平等的生命理念，赋予了人们智慧和情操，使得万物在人的博爱中，自由徜徉在大自然的怀抱。

夜雨潇潇，马鹿们安详地睡了，但更多的生命却在夜雨中醒来，在夜的狂澜中，千姿百态，唱响生命的礼赞。

题记：

　　本文采写的卡若遗址位于中国西南部西藏自治区昌都县，是迄今为止中国所发现的海拔最高、经度最西的一处新石器时代遗址，距今4000—5000年。遗址总面积约一万平方米，是考古界公认的西藏三大原始文化遗址之一。卡若遗址的发掘对研究西藏的原始文化具有划时代的意义，对西藏人的祖源研究提供了翔实的资料。属中国重点文物保护单位。而文中所写的玉龙铜矿地处西藏自治区昌都地区江达县青泥洞乡境内，位于宁静山下，海拔4569—5118米，是中国著名的有色金属成矿带和海相火山沉积铁带。

　　玉龙铜矿除铜金属外伴生大量钼、金、银等，其中钼10余万吨、铁矿储量达8000多万吨，金约26吨。位于玉龙成矿带上的还有多霞松多、马拉松多、莽宗等大中型铜矿。

　　目前，玉龙矿产公司融采、选、冶、销为一体，是西藏现代工业的标志性工程，不仅开创了在4500米以上的高原地区发展有色金属工业的先例，更缓解了中国铜的供需矛盾。金属储量居中国第二位，远景储量达1000万吨⋯⋯

在生命的原乡

—— 随记卡若遗址和玉龙铜矿

1

进入藏东，在横断山区的重重山脉中，我们变得微小如蚂蚁，时而陷于纵深的峡谷，时而悬于峭壁，而夜以继日也似乎难觅生命的踪迹。能够回顾的，在《智者喜宴》或者《玛尼宝训》等藏族古籍中，都披着神性的外衣，讲述着远离我们现世经验的故事。因此，当我们盘绕在一座又一座海拔 5000 多米的山口，各自的意境便越发陷入不可知的神秘。

这就是昌都。为此，科学家纷至沓来，以各种证据结论说，在八九亿年前，青藏高原如渴望光明的母亲，时而南行浮出水面，时而北还沉潜回海。直到距今两亿年时，终突破特提斯古海覆盖下的漫长黑夜，在今日藏北和藏东形成陆地，获得太阳的爱浴，从此，生命在地球广阔而丰腴的母腹孕育。而北起类乌齐、南至芒康的"古昌都湖"，好比母亲的血液和羊水，摇曳滋养着森林、鸟虫和恐龙……后来，拥有众多地球生命的母亲变得雍容华贵，具有了更强大的自我塑造力，她的年轮经过侏罗纪、白垩纪和南来印度板块的俯冲和挤压，两次回落夷平，距今 360 万年前，以近千米的速度，在缓缓展开延续至今的"青藏运动"中再度隆起……这时，横断山脉身披铜色衣袍，头顶冰雪桂冠；怒江、澜沧江、金沙江、雅砻江、大渡河等好似奔腾的血脉——杜鹃花在为母亲歌唱，5000 种植物从山谷河畔向着母亲的山峰生长；恐龙留下巨大的脚印在母亲的记忆中沉睡；昆鹏展翅，在 11 万平方公里的山川中，一次次飞舞扭转、环抱南北的双翼凝固在金色的夕阳中。于是，一切机缘已成熟，在科学所言的"第三纪上新世纪"的"中央高原"上，地球母亲累世孕育的宠儿——人类，诞生了。

2

今天，在这片高地，我的族人一步一磕，转山转水，顶礼着生命，膜拜着大自然之母。一路上，五色经幡随风飞舞，在最高的山口，以感恩和祈祷与母亲亲昵话语；广袤的山野中，建起一座座寺院勤奋修学自观内心，探索生命的起源以及与地球母亲神思相通的秘径。而我们一行，在这样的氛围、这样的高度，迷茫的内心似乎渐渐开朗，却又感到自己不过从一只微小的蚂蚁，变成了一只欢喜的蜜蜂，飞旋在铜莲绽放的山间。

这时，远古人类的遗址，就好比大地母亲曾经的花蜜。

那个遗址被叫作"卡若"。位于西藏昌都县城东南约 12公里的加卡若村，东靠澜沧江，南临卡若水，海拔 3100 米。据说鉴于它西距昌都县加卡区的卡若村仅 400 米，即用卡若命名。

卡若，藏语意为"城堡"，但城堡里曾经人类生命的痕迹已被层层覆盖，只有大山沉默不语。

这个西藏首次发掘出来的规模较大的一处新石器时代的遗址，占地面积约为 10000 平方米，据说被考古界和古人类学研

在生命的原乡

究者公认为西藏的三大原始文化遗址之一。

此遗址 1977 年由昌都水泥厂工人在施工中发现。我们去的那天，在卡若遗址空旷的山坡台地上，有几辆挖掘机正在施工，据说昌都市已把卡若遗址列入了旅游规划，计划恢复卡若遗址 4000 年前人类生活的原貌。四处眺望中，我们见到了如今看护卡若遗址的工人热旺。

热旺穿着蓝布外衣，一米七五左右，脸庞窄瘦。我仔细地打量他，想要透过他在这片遗址上二十多年的日夜看守，得知一些格外的秘密。

热旺原是昌都水泥厂工人，在水泥厂建设施工挖掘到六七十米的地下时，一些土陶罐、石器，骨器等出现了。1978年，西藏自治区文管会到此进行了首次试掘。1979 年 5 月至 8 月，自治区文管会邀请国家考古研究所、四川大学历史系、云南省博物馆的同志联合组成了卡若遗址考古队，进行了正式发掘。迄今为止，共揭露遗址面积 1800 平方米左右，发现房屋遗迹 31 座，石墙 3 段，圆石台 2 座，石围圈 3 座，灰坑 4 处。出土文物数万件，包括石器 7978 件、骨器 368 件、陶片 200 多块（其中可复原者 46 件）、装饰品 50 件等。由此得出结论：卡若遗址的时代，应属 5300—4300 年前的新石器时期。在这个时期里，人类物质文化的主要特征是学会了磨制石器、发明陶器，开始了各种植物的种植和动物饲养。

但放眼望去，空旷的遗址了无人烟。

"这里在水泥厂来之前，没有人住吗？"我问热旺。

"有一户农民，你看，他们的房子就在那棵树下，但后来因水泥厂的建设需要，让他们搬迁了。"

越过满目尘土，我看到在遗址的上方，果然有一株藏柳，枝繁叶茂，在微风中摇摆的舞姿，显得神秘而沧桑。但眼前，除了挖掘后的大土坑，一无所有。陪同我们的昌都文物局的朋友见我两眼空虚，忙拿出一摞资料介绍说：卡若遗址的地层堆积，主要为昌都红土层，底部泥质较多，以杂色页岩为主。上部为红色砂岩，红层中因断屑和褶皱关系，有时显露出三叠纪及侏罗纪地层。卡若遗址的全新地层堆积分为南北两部分。南部厚2米，有二期文化堆积；北部厚2.5米，有三期文化堆积。遗址中出土的石器有打制石器也有磨光石器，种类也较多。计有铲类、锄类、切割器、投掷器、尖状器、砍砸器、敲砸器、刮削器、碎磨器、石砧等，还有石镞、石矛等细石器，有的石器，特别是磨光石器采用玉石制作，极为精细。出土的骨器有骨钻、骨针等。各种各样的骨针，制作精细，说明当时生产和工具制作的技能都已达到相当高的水准。还烧制有各种花纹的陶器，其中以一种双体陶罐最为突出。出土的装饰品中，有用玉、石、骨等制作的环、珠、镯等，说明卡若遗址的主人已经产生了美的观念，知道打扮自己了。遗址中出土的玉器和海贝是卡若居民与各个地区的民族相互交换而来的，这说明尽管西藏和其他地区之间有高山大河阻隔，但并不妨碍本地居民和其他民族的正常交往。卡若遗址的房屋建筑，据初步分析，大体可分为两种类型：第一类是木结构的草泥墙建筑。以草拌泥筑墙可以增强坚固性能，使其不开裂。居住面用土垫平，然后夯实或烘烤，使其坚固耐用，房屋中央有石头砌成的炉灶，室内和房子四周较均匀地分布有柱洞。第二类为半地穴式的卵石墙建筑，居住面规整而坚硬，墙壁用石块靠穴壁垒砌，黄泥抹缝，多为方形。从村落布局看，当时人们居住的区域已有一定规律。房屋遗迹像是打破了叠压关系，比较复杂，可以分为 3 期遗存，至少延续了 500 年左右。原始村落布局除房屋外，还发现有石铺路、石墙建筑、窖穴等，说明居住者在努力改善居住条件。卡若遗址还出土了大量的粟粒和谷灰，这说明早在 4000 多年前，西藏就有了原始的种植业。同时已经知道选择适应性能良好、抗逆性很强的粟来种植。据考古学家发现，粟这种粮食作物在我国已有 7000 年以上的种植历史。这里出土的粟粒和谷灰同西安半坡遗址窖穴中的粟粒和谷灰情形基本上是一致的。因此可以推断，卡若遗址的先民当时是以农业为其生活的主要来源，狩猎和采集则是不可缺少的辅助手段……

听文物局朋友的介绍，我感觉恍如梦境。四五千年前的人类，是如何在这澜沧江畔，川、滇、藏三地的枢纽地带，在地球生命的原乡，建设起自己的村落，在炊烟袅袅的生活中，世代繁衍。他们的故事、爱情以及生离死别，又是如何被埋葬的？

据说北京市文物建筑保护设计所于 2005 年 11 月中旬曾对卡若遗址进行实地勘察、环境调研等。四川大学考古系在 2000—2003 年间先后四次对卡若遗址进行了实地勘察、考古发掘、田野测绘、环境调研等，使这一中国重点文物保护单位得到永久性整体保护。然而，这些科学性的保护措施和论证，怎能满足我们对远古先民生命历程的探求？

我想知道的是，究竟发生了什么？人类在此诞生，之后又为何山崩地陷，洪流滚滚，这片村落上的人们，瞬间被永久地掩埋了，难道无一人幸存？没有一个后裔的血脉，延续到今天吗？

后来住到卡若遗址的那家农户，对远古那场灭绝人寰的灾难一无所知。他在古人遗骸养育出的沃土上耕耘着。但假若人的灵识永存，是否有一线信息穿越时空，告诉我们一些未来呢——我四处张望，只见远古卡若遗址中那些地球母亲夭折的孩子，仿佛早已回归母亲的怀抱，曾经惊骇的记忆已经消隐。今天的人们，还在吮吸着母亲的热血，逐水草而居，在江河两岸继续着鲜为人知的山地生活——

再见旦噶刚

　　我们在母亲的阵痛中诞生
　　也在母亲山崩地裂的痉挛中夭折

　　茫茫宇宙中
　　母亲多么孤独
　　为了孕育万物
　　从未放弃浓郁的幻梦

　　在赤道火焰般驰舞
　　在南极和北极磁流般长歌
　　在海洋深处往返劳作

让我们的天空

满是美丽的云朵

并突破暗夜

隆起了珠穆朗玛峰

从此在飞旋的时空中

我们触摸到了银河

……

3

一切还依稀不明，"我们从哪里来？将去往哪里？"哲人古老的问讯像发自母腹，使我们离真相越近，却越远。

这时，我们的路程转而南上，在越来越高的藏东之北，来到了江达县青泥洞乡觉拥村境内海拔 4569—5118 米的山野。

相关资料说，藏东昌都位于"三江"特提斯成矿带北、中段，是中国著名的有色金属成矿带和海相火山沉积铁带。其中藏东之北的玉龙至芒康成矿带，主要成矿期为燕山至喜马拉雅期，在浅成、超浅成的花岗斑岩或二长花岗斑岩中，形成规模宏大的斑岩铜多金属矿带；同时在接触带矽卡岩中也有铜铁多金属矿床。而著名的玉龙成矿带，除了铜金属外，还伴生大量钼、金、银等，其中钼10余万吨、铁矿储量达8000多万吨、金约26吨；成矿带上还有多霞松多、马拉松多、莽宗等大中型铜矿。

天刚蒙蒙亮时，在这片神秘的藏东之北的成矿带湿漉漉的矿山上，忽而阳光飘忽，忽而细雨霏霏，侧耳细听，大山像是在与太阳轻歌低语；忽而欢笑，忽而又飘飞起多愁善感的眼泪。而极目远眺，矿山似乎只披了件绿色丝绒编织的晨衣，在相约黎明的路上，越是登上高海拔，伸延的臂膀越是平缓而从容。在浑圆而深情的顶峰，形成一处处柔软的心窝，仿佛在与太阳忘情地交融。

这一片，就是著名的玉龙铜矿开采带。据西藏昌都玉龙铜业股份有限公司的专家介绍：这一山带是一个特大型斑岩和接触交代混合型的铜矿床。矿区海拔高度4560—5118米，矿区共有三个主要矿体，分别为Ⅰ号矿体、Ⅱ号矿体和Ⅴ号矿体，矿权范围内总资源量为10.27亿吨矿石量，铜金属量658万吨，钼金属量40万吨。该矿区矿体埋藏浅、资源量大、品位高，矿体的赋存条件和水文地质条件简单……

听着专家的介绍，我看到已将矿山整体挖掘留下的深坑，

再见日喀则

我诗人般多情的目光不由黯然，似乎看见了大地的一场残殇。

当然，金汁、铜液并没有消逝，而是在"轰隆"的机房里疾速转化，这定是母亲理性与智慧的延续吧！玉龙铜矿以大规模的露天开采，先后于2013年以选矿系统磨矿工艺、脱水工艺两部分投入调试运行；2013年6月选矿浮选工艺系统全流程调试运行，各项选矿工艺技术指标达到甚至超过设计指标。2013年11月，全搅拌浸出系统建成并开始调试运行，至12月15日第一批阴极铜下线，品质达到一级，含铜99.95%以上，解决了搅拌浸出工艺的主要难题"固液分离"和搅拌浸出工艺与萃取电积工艺的衔接通畅，使得玉龙铜业湿法冶炼成为中国唯一海拔最高、防腐要求最严并采用大规模搅拌浸出工艺的工厂。

开采铜矿的高科技成果，使位于这片矿山区的觉拥村以及昌都地区乃至整个中国受益。而仰望茫茫矿山，好似向着太阳绽放的金色圣莲，像母亲献给太阳的礼赞。其中的一切矿藏，仿佛母亲奇彩的舍利，又像母亲的骨骼和精髓，蕴藏着母亲无上的灵魂……

4

　　我不由地缅怀我深爱的法国伟大的民族主义和浪漫主义历史学家儒勒·米什莱的著作。记得在她的《山》一书中，有这样一段美妙的文字："地球最初创造一个花岗岩世界，隆起的高山呈现一种浑圆的顶端，显示出一种温和和庄严，那是乳房形状的斑岩。地球在倾吐情感时，打开了这些圆谷，那是她在雄峻的花岗岩山中的美妙天堂——她内心深处绽放的花朵，她天真地抒发中向天公献上的花萼——她一直怀念，永世向往的太阳，使她不惜一切，施展全部：机械方法、化学结合、渗透、磨碎、膨胀、喷发、发酵，这些都超越了矿物的范畴，使她以强大的能量，从地核中升起，她的灵魂已满负荷各种未知的磁与电流，并渗入我们的体内，化为我们的血液；那是母亲的血液，她为我们张开了静脉……"

　　这些年来，儒勒·米什莱的文字已在我内心幻化成流动的花岗岩。因此，当我仰望藏东每一座大山时，犹见宝藏；看见山川江河皆闪耀着孔雀羽蓝或者黄金红铜的炫彩，又如万千物种高耸的生命的丰碑；因此，我的余生，我将牢记儒勒·米什莱的深情，毫不犹豫地加入我的族人那朝圣的队伍，以深刻的虔诚和广阔的爱，匍匐回归地球母亲的怀抱。那一刻，我将嗅到母亲灵魂的芳香，获得来自母亲灵魂那电与磁的殊胜加持，并在地球母亲灵魂的高度上，沐浴宇宙之光……

题记：

盐井的正式名称是"西藏自治区芒康县盐井纳西民族乡"。它地处西藏自治区东南端，位于横断山区澜沧江东岸芒康县和德钦县之间，平均海拔2400米。东北与四川巴塘相邻，南与云南德钦接壤，西与西藏左贡县扎玉、碧土、门孔等相连。早在西藏吐蕃王朝以前，西藏的部落各占一方时就有盐田，至今保留着最古老、最原始的制盐生产方式，被誉为"盐田博物馆"。

桃花盐

1

外婆在世时，我们家一直吃的是外婆的表弟尼玛舅爷从盐井带来的食盐。听外婆说，尼玛舅爷解放前是行走在茶马古道上的马帮人。解放后公路修通了，尼玛舅爷就坐货运车，从云南奔子栏出发，继续做些小买卖，每年来拉萨朝佛。

记得尼玛舅爷性格沉默，不怎么搭理我们小孩，只和外婆聊天，他吸着长烟管，用我只能听懂一半的藏族康巴方言给外婆讲述着茶马古道上驮盐的传奇故事。

那些年，尼玛舅爷除了带来盐井的盐巴，还会带来一小罐盐井的葡萄酒和一些奔子栏的木碗等土特产。听说他是从云南奔子栏沿着澜沧江途径德庆来到昌都地区的盐井，再从盐井到芒康县、左贡、邦达、八宿后进入贡布地区的波密、林芝，行程一千多公里，据说这在过去，马帮翻山越岭要走六十多天，但滇藏公路修通后，尼玛舅爷坐着货运车，六七天就能到拉萨。

一路风尘，尼玛舅爷带来的东西里，我们小孩最喜欢的是盐井洁白的盐，看上去好像童话世界里的雪，捧在手里，又像一颗颗透亮的水晶。最高兴的是，外婆生起炉火，用新盐给我们做好吃的。而加入盐井盐的菜肴，吃起来除了格外鲜美，还在我心里种下了一份对遥远盐井的美丽憧憬。

2

多年后的一个春天，我终于有机会从西藏昌都地区芒康县南下，去纳西乡盐井村。

那是一片奇妙的村落。我们沿公路盘旋而下时，只见落在深谷中的澜沧江犹如一条蜿蜒的巨蟒，它的两旁，只要有一方坡坝和台地，就有炊烟袅袅。这些犹如星辰、散落在澜沧江谷底两岸的村庄，就是盐井。

听父亲说，我去的春季正是产"桃花盐"的时节，我才注意到四面山谷里盛开的桃花，正纷飞在澜沧江猛烈的春风中。

到盐井的当天，我就急不可耐地奔向了澜沧江斜坡上的古盐田。只见蓝天白云之下，一块块盐田由林立的木柱子支撑着，依着悬崖峭壁高低错落，那景象，恍如带我回到了远古的神话境界。

空气里弥漫着桃花的芬香，江风拂面，带来盐田的咸味；我顺着崎岖小径，快速上到盐田，只见有的盐农在整扫刚收过的空盐田；有的盐田里注满了澜沧江畔盐井里自然涌出的卤水；

还有的盐田里结晶的白盐已浮出了绿水，有的盐田已晒成熟了厚厚的盐，盐农将最上面一层轻轻刮下来，收到盐田边上，高高放在一旁的草筐里单独晾晒，以待食用，再把盐田里下面两层盐刮起来，堆成一朵朵花瓣的形状，继续晾晒——这时，远山千年野桃花，在春风激情的摇撼下被吹扬在空中，顺着澜沧江飘落在盐田里，于是，花香入盐，成为一年四季中最为著名的"桃花盐"。

3

陪同我们来到纳西乡的曲宗，是一位美丽的盐井姑娘，她的家就在下盐井。她家有十三块盐田，嫂子每天还要去盐田劳作，得知这个消息时，我非常兴奋，第二天一早，我们便去往曲宗家。

我们的汽车开到下盐井村外停下来时，刚好遇到一队骡帮驮着盐从村子里出来，每头骡马身上驮着两麻袋盐，估计有200斤重，解放前这些骡马就是这样身负重荷，翻山越岭，给人们送去食盐的，我心里对眼前的骡马和赶着骡马的驮盐人敬佩不已。当然，这一对驮盐的骡马再也不用跋涉远行了，把盐从盐田里驮到上盐井村，就会有货车来收盐，运销到外地。

虽然眼下交通便利，却有另一个消息，令我心中暗暗吃惊：据说解放前，盐井盐田产的一斤食盐价格是现在的十五元人民币，驮到四川甘孜，一斤盐可以换到九斤青稞，并供不应求，而现在一户盐农如果一年只收产3000斤盐，也只能卖掉一半，并且一斤盐只卖得一元钱——很多盐农无法再依靠盐田生活，古老的盐田渐渐被荒弃。

再风日喷刚

4

但我们看到，具有 1300 年历史、世界独一无二的古盐田及其制盐技术，仍然吸引着世人奔赴盐井。因此，走进下盐井村，村庄依然被田野环抱，保持着原有的自然风貌。家家户户修建的小楼房雕梁画栋，每家都通了电和自来水以及装有太阳能洗澡设备，人和牲畜已分开，水泥硬化路修到了家门口，很多农户都在自家开有农家乐，为前来观赏古盐田的游客提供食宿。桃花盛开的村庄里，没有高楼大厦阻挡阳光和视野，没有车驰人往的喧嚣和浮躁，甘美的江风拂面，湿润而富氧的空气中，太阳犹如一颗颗钻石闪着光。

据了解，盐井井盐晒制技艺 2008 年被列入国家级非物质文化遗产名录，盐井的村落应该因此才被保护得如此美好吧！我不由感叹：那些从澜沧江地质深处涌出的千年不竭的神奇的盐汁盐田，是养育世代盐井人的福田啊。但当盐不再能够带给盐井人利润，不再能获得维持生活的收入时，盐井人因盐获得的福报，会经历怎样的演变呢？

曲宗的家就坐落在下盐井美丽的村落里。她祖上据说有纳西族血统，但盐融合了一切，如今到曲宗哥嫂第六代盐农，已完全忘记了古老的纳西族语言，看上去已彻底变成了藏族人。

推开曲宗的家门，院子里有一个三十平方米的牛圈，圈养着六七头牛，再往里走，是她家三层的藏式小楼。一层光线有些暗，很是清凉，放着各种机械农具和风干的琵琶肉，中间有一段木楼梯，一只小狗趴在楼梯口上，听到我们的脚步，热情地起身摇着尾巴。

"桑珠——"曲宗呼唤着它，几步跨上楼梯把它抱在怀里，这时我才看清小狗狗两只眼睛都瞎了，曲宗说是它太顽皮，跟大哥到上盐井村卖盐，在马路上乱跑时被车撞了——正说着，曲宗的父亲掀开门帘出来了。

曲宗介绍我们时，老人请我们到客厅入座。客厅很大，尤其客厅里只有曲宗父母两人，就显得更大了。黑火炉、红铜水缸、彩绘佛龛、卡垫床和长条藏式茶几等，家里的摆设传统而温馨。这在几代以前，一定是人丁兴旺的盐户，不过现在，儿孙满堂的家里人口虽没有减少，传统的生活方式却悄然改变了，除了一个儿子和媳妇留在家里继续当盐农，曲宗和其他七个兄妹以及下一代都已离开盐田，外出工作和上学去了。从前的家庭结构正在瓦解，如今在盐井，村庄里留下来的大多是老人。比如曲宗的父亲、72岁的老人登增曲培，告别茶马古道上驮盐生涯的晚年，已无众多儿孙相伴，顶礼佛法僧三宝是他唯一的精神支柱。他每天晨起至少磕长头 108 个，早茶后就盘坐在三层佛堂的晨曦中诵念经文。每晚入寝前，再次磕头和诵经；曲宗 75 岁的母亲那双在盐田中几乎浸泡了一辈子的双脚，到了 75 岁的晚年，依然健硕有力，每天要去转佛塔，转不完 260 圈以上，她不甘罢休。

登增曲培翻出曾经驮盐时的钱袋给我们看，真是一个白铜雕制的精美的手工品，想当年登增曲培驮盐穿越风雪，走过云南德钦、中甸、德荣、甘孜理塘、巴塘、昌都芒康、贡觉、贡布察隅等十四个县，跨越澜沧江、金沙江、怒江——腰上系着这个沉甸甸的钱包，里面装着盐换来的银圆和藏币，浩浩荡荡返回盐井时，盐井村民一定犹如欢迎英雄归来一般热烈。那个年代，登增曲培说，村里一队驮盐的马帮一般由 25 头骡马组成，由 5 个人跟着出发，一头骡子要驮差不多 180 多斤重的盐巴长途跋涉，驮盐路上有时找不到柴火，就只好用牛皮袋子、骡子和马的鞍子来烧茶。一年沿茶马古道两次出行驮盐卖盐，往返最快也得一个月时间。

"我还记得上小学四年级时的情景。"也许是被父亲的回忆感染，曲宗也开始说起了自己童年关于盐的记忆，"妈妈、姐姐去盐田收盐时，学校放假，我有时也会去送饭，我有一个小小的背盐的木桶，不到一米高，也背过几次。但最好玩的是那些外地来的买盐的商贩，为了收换盐，把很多商品直接摆到盐田边上，有丝袜、漂亮的头绳，很诱人……"

曲宗的母亲终于将视线离开电视，和我们说起话来："那个时候我们一年四季光着脚在盐田里劳动，刚开始脚上会长满水泡，冬天又被冻裂，双脚都失去知觉，走在沙石上也感觉不到痛。我十八岁嫁过来，春夏秋冬一年四季天天在盐田里。每天背盐、晒盐和收盐。腰上虽然系着驮桶的棉布做的枕袋，还是被卤水浸透、被卤水桶磨烂皮肉，我们盐农腰上都有伤疤，腰都变成黑青色了。"

原来壮美的盐田背后，浸透着晒盐妇女的艰辛和汗水啊。

"那你们在盐田里劳动时会唱许多关于盐的歌谣吧？"我问。我想象她们系着鲜艳的头巾，像西藏泽当、日喀则等地的农区妇女一样，在盐田里欢快地劳作和唱着动听的歌。

"哈哈哈哈……"次仁卓玛开心地笑起来，转过身来和我说，"怎么有空唱歌呀！我们光着脚，要抢卤水呀！等在盐井旁，等着卤水慢慢升上来，赶快去提卤水，再背上盐田。要跑得很快，要多打卤水，没空唱歌。"次仁卓玛面色红润，脸上泛着健康的光泽，穿着漂亮的盐井妇女的传统藏袍，戴着头饰，很是安详和雍容华贵，难以与当年脱去长袍、光着双脚在盐田里辛苦劳作的女子联系在一起。

"记得那年我怀了龙凤胎，肚子很大，但也没休息过一天，临产的那天上午，还往返在盐田的路上……"次仁卓玛说着，眼睛里满是自豪。

听着两位老人的叙述，我满怀崇敬地望着他们。

"我妈妈身体可好了！"也许看见我敬慕的眼神里流露出的担忧，曲宗对我说道，"我妈生了八个孩子，过去都是在家里生，没看过医生，我姐想妈妈多少有点儿妇科病吧，去年带她去拉萨的医院检查，结果什么病都没有。"

"冬天也光脚在盐田里劳作，那有没有风湿、关节炎呢？"我问。

"没有，没有。"曲宗和次仁卓玛异口同声地说。

"也许盐对身体很好？一辈子浸泡在盐田里，什么病也没有。"曲宗笑道。

"看你妈妈皮肤那么好，说不定盐井的盐还有美容的效果呢！"我望着次仁卓玛阿妈说，她的脸上真是没什么皱纹。

"对呀，现在流行盐浴什么的，说不定我们盐井的盐有特效呢。"曲宗眼睛亮起来。

我们三个女人正讨论得高兴，登增曲培突然捧了一串枣红色的念珠给我们看，充满怀念地说那是他爷爷和父亲都拨念过的念珠，说着，又拿出一个小转经筒放到桌子上，轻轻一捻，小经筒就开始无声地旋转起来，登增曲培满眼伤感地望着转经筒说："过去，孩子们还小的时候，我们全家人晚餐后就围坐在这个小经筒旁一起诵经，一面诵经，一面轮流转动经筒……"

窗外的阳光静静地洒在桌上旋转着的小经筒上，屋里没人再说话，似乎都沉浸在对往日时光的缅怀中。

5

曲宗的嫂子从地里回来了。她推门进来，带来一股子春天泥土和桃花盐的气味，一下子打破了屋里变得沉闷的气氛。曲宗的父母又恢复了笑容，似乎记起家里仍然有人在种地、收盐，过去的一切并没有完结……

玉珍脸上的汗水未干，她洗洗手，一进门就给公公婆婆添茶，又笑盈盈地向我们问好和添茶。

玉珍一早去了青稞地里浇灌和拔草，这会儿回来喂牲畜，拿上工具，又准备去盐田收盐。家里现有的八亩青稞地和十三块盐田全部由她一人打理，她的丈夫、曲宗的二哥主要在外跑运输，买了货车，出去时带一些盐卖，回来时主要拉水泥、建筑材料等。

这是西藏康巴地区男女之间清楚的分工，男主外，女主内。这种传统使康巴妇女看上去格外勤劳本分，孝敬老人和长辈，任劳任怨地呵护着全家老少；康巴男人则勇猛而多谋，成为家庭里的顶梁柱。

玉珍坐下来喝了两杯茶，休息片刻，准备去盐田收盐，我终于等到这个时刻了。

从曲宗家到盐田差不多有四公里的山路。玉珍和曲宗的父母显得很担心，怕我走不动，曲宗说，去年她的大哥带了一个拉萨小伙子去看盐田，在走到澜沧江悬崖峭壁的羊肠小道口时，那个拉萨小伙子吓得双腿发软，不敢朝前迈步，她大哥只好把拉萨小伙子背到了盐田。曲宗说着，玉珍和两位老人不停地笑着点头。但想到桃花漫飞的美丽盐田，我还是坚持要跟玉珍去。

太阳很烈，道路弯曲，一会儿翻坡，一会儿下到青稞地里，惊起成群的红嘴乌鸦。走了半个小时，终于进入了澜沧江畔的礁石滩。玉珍指着礁石滩中间的小径说，那是今年刚挖出来的路，过去一年四季盐农们去往盐田，得翻越成群的礁石。

我被太阳晒得出汗，环顾四周巨大的黑色礁石，感觉自己来到了古海滩。这一片远古时一定是从海洋中升起来的陆地吧？但无法想象采盐的妇女们那灵巧的身姿，如何在艰险的礁石上攀爬跳跃，往返在沙砾、烈日和狂风中。

穿过澜沧江畔的礁石滩，不足一米宽的小径开始向上盘旋直抵澜沧江畔的悬崖顶，江水在眼底咆哮，江风猛烈吹来，我还真有点儿怕。但一抬头，层层盐田突然出现在眼前，那壮美之景令我心醉。

玉珍这时已跨到盐田里开始劳作了。

春风从四面的山谷吹来，我们有些站不稳，玉珍则麻利地拿起铲刀，弯腰稳稳地刮着盐。随风飘来的桃花花瓣，落到盐田里，令我浮想联翩。我也借来一把铲子，挽起裤腿下到地里，学着玉珍开始铲盐。我一步步跟着她，踩在盐田上，能感觉到脚下盐棚土木的弹性。但接下来飘着桃花的白盐可不像我想象的那么柔美，盐层非常硬，并要会使巧劲才能不把底层的土一起刮起来。

玉珍熟练而轻巧地把盐田最上面一层薄薄的结晶体刮起来，很快装满了一簸箕，盐田里只剩下第二层和第三层盐了，因为有泥土混杂，最底下的第三层收来喂牲口，中间第二层用来腌制泡菜、琵琶肉或者浸泡野生毛桃。曲宗说，稍稍泡一下，就可以将小毛桃上的毛质清洁干净。

生硬的盐巴紧贴着泥土，我学着玉珍用铁制的刮刀用力刮了十下左右，再把刮松了的盐朝上推成一小堆继续晒。不久，我的眼睛就被白盐的强烈反光刺得生痛。而澜沧江上空越发猛烈的春风把我吹得快摔倒了，哪里还能弯腰刮盐？我只好和曲宗靠在盐田旁等着玉珍大嫂，心里当然也不敢嗔怪春风。没有如此强烈的风和太阳，一田的卤水怎么能一天之内风晒成盐呢？

玉珍收堆好一块盐田，又去收另外一块盐田，江风中她稳稳地来回挑盐，不知是汗水还是盐水，淌满在她的脸上。

而这时，什么也没干的曲宗靠在盐田的矮墙上疲惫得昏昏欲睡，她已经完全不能像嫂子玉珍一样当一个盐家妇女了。她的成长经历和我很像：在盐井读完小学、去到南昌读中学、在北京西藏中学读高中，再后来考到上海商学院。从小到大，人生的十多年从未离开过学校。所以，即使在盐田上站着，我们都能感到难以承受的骄阳和狂风。

其实，所谓盐田，是盐农们依江搭建的一个个高悬的木平台，为支柱式木棚结构：以木头支撑起一块块木质平顶，在平顶上铺盖碎的草本植物，再铺上旧盐田里挖出的泥土，人工建造成小块盐田。晒出来的盐，来自澜沧江畔天然涌出的卤水。现在的妇女不必再靠人力背卤水倒在盐田里晒盐了，现在都用电动抽水机把卤水直接抽到盐田里灌满，省去了很多劳力。但玉珍说，她每天早晨还是得五点钟起来，头上戴着照明灯，赶到盐田里抽卤水和晒盐。说着，她往盐田下面走去，去收抽卤水的塑料管子。我忙跟着她下到盐棚底下，只见棚顶流淌下来的卤水结晶成一柱柱钟乳盐，美极了。玉珍弓腰快速走在下面拐来绕去的弯道上，我远远落在了她身后。棚子下面到处滴着盐水，流进我的脖子和背上，我才想到，采盐的妇女浑身上下、一年四季恐怕都被盐水打湿着，这感觉可不是太妙呀。

不过昏暗的盐棚下面，仿佛另一个世界。亮晶晶的盐结晶缀满了棚顶。玉珍说这些钟乳盐年代久远，对盐棚具有堵塞的保护作用，盐农会小心不碰碎它们，也不会取下来食用。而棚底的柱子因多年浸透了盐水，更换时，要把旧柱子再泡回到卤水里，晒出每一粒珍贵的盐。

终于下到了澜沧江畔，只见一洼洼碧绿的卤水静静地涌成盐井，有些靠近江水的卤水源，已被人们用砖石围筑成高达十

再见日喀则

几米的深井。

玉珍把抽卤水的管子收拾好装进了盐棚下的一个大箱子，又很熟练地给抽卤水的机器灌上些机油。盐有很强的腐蚀性，这些抽卤水的管子和工具如果不每天护理，很容易坏掉。这时我还看到，为了抽卤水，盐田上下到处拉着电线，在这样潮湿的环境里，看着很是有漏电和碰线的危险。

玉珍回到盐田，还要继续收盐，江风带着咸盐吹拂到嘴里、眼睛里和脸上，再经烈日一晒，真是火辣辣地疼，我和曲宗只好告别玉珍先往回走了。

回来的路上，我回忆着格萨尔王故事《姜岭之战》中180多万士兵抢夺盐田的战争以及汉文史料《盐井民国志》中的记载：盐井盐田，系澜沧江两岸下有底泉，以石砌坎，就山坡架木为畦，上铺寸厚之黄土，以人汲水倾于畦内，见风成盐。每日一人可晒净盐三十余斤。盐呈红黄两色，食之味浓——不由问曲宗："你嫂子和妈妈她们祖祖辈辈那样辛苦地制盐，如今盐井的盐，究竟和现在生活还有多大关联呢？"

6

再回到下盐井村时，有一位叫索朗吉村的老人拉着曲宗的手，说很久没见，热情地邀请我们去家里喝茶。据说盐井原住居民只有一万人左右，所以一半以上曲宗都认识。

老人的房子和院落非常漂亮，不过也是"空巢"。除了老伴央宗在家，儿女和孙子们都外出工作和读书去了。看到央宗奶奶长着大脖子，像患有甲状腺疾病，喝茶的时候，我便问盐井产的盐里是否含有充足的碘。

央宗奶奶笑着说，除了爬坡时有点儿喘气，大脖子病并没给自己带来什么不适，因此从没看过医生。担心我误解，又强调说，整个盐井像她这样得大脖子病的还没见过有其他人。

索朗吉村也忙说："和盐没有关系的。记得1959年从昆明部队请来的专家来盐井监测，检测到卤水倒到盐田里后，碘含量比原来卤水井里的更高，说有可能垫在盐田里的草也含有碘。"说着，老人拿来一捧盐让我看。

"你看，澜沧江东岸的盐白，南岸的红一些，成都质检的也来检测过，发现这地方的盐含铁量也高于一般的盐。"索朗吉村说着，央宗奶奶和曲宗充满感情地点着头。

"外面来的盐我们是不吃的。炒菜放到第二天就会有苦味。腌制琵琶肉也不行，肉放几天就会臭、腐烂，用我们盐井的盐才行。"

琵琶肉是云南、芒康特有的一种制作腌肉的工艺。研制出来的肉切成片是透明的，非常好吃，油而不腻。据说要用一整头猪，开膛取出内脏，再用盐井的盐填满，缝起来风干后制成，关键是要用盐井的盐巴才能腌制成功。

"你们这代盐井的年轻人，没想过在盐井开办盐制品加工厂或者发展与盐田有关的行业吗？这样你们就不必离家在外谋生了？"我问。这几天，我的手机微信响个不停，都是天南海北的朋友看了我关于盐井的图文，要求购买盐井的盐巴的信息。有做美容行业的朋友要求长年订购以用来做盐浴，有食品加工行业的朋友也要求大量订购以做腌制食品……

"哈，运输成本好高，盐巴太重了；再说，盐井还没有一家物流公司……"曲宗笑着说。

回到曲宗家，两位老人已经给我们做好了著名的家家面，手擀的面条、盐井盐腌制的琵琶肉和腌菜——我一连吃了两碗，吃完后，背上一大袋盐井的盐巴，踏上了返回拉萨的路，而从此，我决定拒绝其他任何盐类，回到我的童年，像外婆一样，一生只食桃花盛开时美丽盐井纯天然的桃花盐……

题记：

本文所写的茶马古道是指存在于中国西南和西北地区，以马帮为主要交通工具的民间国际商贸通道，是中国西南民族经济文化交流的走廊，茶马古道是一个非常特殊的地域称谓，是一条世界上自然风光最壮观、文化最为神秘的旅游绝品线路，它蕴藏着开发不尽的文化遗产。茶马古道源于古代西南边疆和西北边疆的茶马互市，兴于唐宋，盛于明清，二战中后期最为兴盛。茶马古道分川藏、滇藏两路，连接川滇藏，延伸入不丹、尼泊尔、印度境内（此为滇越茶马古道），直到西亚、西非红海海岸。

茶马古道2013年被列入第七批中国重点文物保护单位。

西藏的玫瑰

——茶马古道上的爱情传奇

1

　　西藏的玫瑰，属于野生蔷薇科落叶灌木，它并不惊艳，花开小巧，淡黄、浅白、粉红……进入昌都境内后，在寒冷、干旱以及红铜般的山峦上，西藏的玫瑰一路生长，成为茶马古道上唯一的芬香，仿佛我的外婆——为追寻爱情而踏上茶马古道的康巴女人：格卓。

　　茶马古道是指存在于中国西南地区，以马帮为主要交通工具的民间国际商贸通道，是中国西南民族经济文化交流的走廊，是一条世界上自然风光最壮观、文化最为神秘的线路，蕴藏着无尽的文化遗产。茶马古道源于古代西南边疆的茶马互市，兴于唐宋，盛于明清，二战中后期最为兴盛。茶马古道分川藏、滇藏两路，连接川滇藏，延伸至不丹、尼泊尔、印度境内，直到抵达西亚、西非红海海岸。滇藏茶马古道大约形成于公元6世纪后期，它南起云南茶叶主产区思茅、普洱，经过今天的大理白族自治州和丽江、香格里拉进入西藏，直达拉萨。有的还从西藏出口印度、尼泊尔，是古代中国与南亚地区一条重要的贸易通道。史书记载从公元7世纪吐蕃南下，在中甸境内金沙江上架设铁桥，打通滇藏往来的通道开始，到宋代"关陕尽失，无法交易"，茶马互市的主要市场转移到西南以及后来的元朝，大力开辟驿路、设置驿站，明朝继续加强驿道建设；清朝将西藏的邮驿机构改为"塘"，茶商大增；抗日战争中后期，茶马古道成为大西南后方主要的国际商业通道；1950年前的昌都一直是藏东的商贸中心……但在历史的长河中，又有谁知道一位美丽的女子，曾在茶马古道滇藏线上缔造出的爱情传奇？

茶马本无道，崇山峻岭中，都是人畜长期行走踏出的蜿蜒路径。我的外婆格卓，当年那位身材小巧的康巴女人，她没有茶叶，不懂商业，她背上自己小小的女儿，沿着从昌都境内一直延伸到拉萨的野蔷薇科那西藏的玫瑰，跟随马帮，踏上了漫漫茶马古道，只为与她的爱人——我的外公，在拉萨汇合。

那是 20 世纪初的事情了。在我正在写作的小说中，格卓的故事是这样开始的：中甸，位于西藏东南方向，西藏和平解放前，属于西藏管辖范围内的一个州县。距今九十多年前，卓玛（格卓，我的外婆）就出生在藏东南中甸奔子栏一个叫"跕玉"（杜鹃）的小山村。

跕玉村有一座噶桑寺，噶桑寺旁有一所有着上百年历史的"琼尕印经院"。"琼尕印经院"由卓玛的爷爷棠冬土司家族的嫡孙贝玛所建……这年，棠冬家族里又诞生了一位度母——卓玛。卓玛在人间所得的第一口气息，是弥漫在琼尕印经院里白桦树、杜鹃树、印经墨、瑞香狼毒草根与书写经文时所用黄金汁液交融在一起的奇香。等到卓玛渐渐长大，她的肌肤从里到外，似乎已被印经院里的馨香浸透……一天，益西泽仁抱起爱女来到书房，小心打开自己父亲贝玛用金汁在瑞香狼毒制成的藏纸上留下的诗文给女儿看：

尘世是沼泽

我是鹤

在明媚的春季里

我们雌雄艳舞

如云的双翼

关闭黑夜

秘写经书

卓玛听着诗句，闭上眼，在阳光奇异的斑斓中轻轻摆动雪白的百褶裙，旋转起来，两只伸开的小手臂像云一样飘动着，脑子里充满了云与鹤的幻景。

益西泽仁疑惑地望着旋转的女儿，他不知，在女儿小小的心里，爷爷留下的诗文已被梦想的金汁注满。但益西泽仁没有太多时间关注女儿的内心，因为二战已波及茶马古道上的重镇奔子栏，为抗战托运物资的马帮连续不断，铜铃声响彻奔子栏山谷。益西泽仁和当时"建唐"即现在的云南中甸许多大商户也忙于多方筹措物资，支援抗战。尤其 1942 年，当缅甸陷入日本侵略军，中国当时唯一的国际交通道路滇缅公路被截断，所有物资从丽江经奔子栏到西藏昌都再转道至印度的茶马古道，成为抗日战争中后期大西南后方主要的国际商业通道，一时间沿途商号林立、马帮云集，滇藏运输线上，每年马帮达 10000 多匹，双程运量，每年 1000 多吨，财贸总值每年达 1000 余万元。这年，茶马古道上又有一位叫马铸才的藏族商户，为支援抗战，向云南战区捐赠了一架直升机……

花蕾般的少女卓玛听闻这个消息，心想：飞跃在云霞之上的飞机，与爷爷诗歌中鹤的双翼相像吗？卓玛并没有看到战争的硝烟，经过奔子栏越来越多的马帮，只令她乘着诗歌的翅膀，对远方充满了更多的向往。

一年又一年，当卓玛年满十七岁时，那幻梦中的"云鹤"终于展翅到来了：他叫泽永，随其父从茶马古道自昌都南行，经吉塘、邦达、左贡、芒康、盐井至云南德钦后，到达奔子栏，他是一个经版木刻世家的长子，应噶桑寺邀请，一行九人，前来寺院刻经。

泽永在来奔子栏跕玉村前，就曾听闻这里有一户土司的后裔，在金沙江岸迎着太阳的山崖上建起了一所规模宏大的印经院，印经院里，有一位穿着百褶藏裙的女儿卓玛，美如女神。

这天，当泽永跟随父亲和寺院里的僧侣来到噶桑寺背靠的神山上祭湖，一抬眼望见祭湖的人群中，有一位女子长袖白茧绸衫随微风轻抖，锦缎无领坎肩上镶着的云头金丝闪着光，扣在领口的银环散开了，一枚天珠两端缀着红珊瑚和绿松石，在白瓷般的胸口若隐若现，雪白的百褶长裙上沾着树叶和草，五彩线带横系在腰间像一道彩虹。当女子抬眼看他，一双清亮的眼睛恍如受惊的鹿，泽永刹那间感到被闪电击中一般，寸步难移……

3

就这样，我的外婆和我的外公一见倾心，暗自相爱了。

四年之后，当外公完成奔子栏寺院的刻经，应邀前往拉萨寺院刻经时，外婆已有了身孕。两人相约，等孩子稍大，在拉萨相聚。

然而从奔子栏到拉萨，当时除了茶马古道，无路可走，一个小女子，又怎么可能带着幼女风餐露宿、步行几千公里前往拉萨啊。

一年过去了，又过去了半年，外公从拉萨托马帮给格卓捎来了印度香水、巧克力和带给小女儿的拉萨款式的小藏袍，并再次捎话要格卓带着女儿去拉萨相聚。

格卓还在犹豫，该什么时候启程，怎么去拉萨呢？

这天，格卓找到在奔子栏渡口附近停歇的一支马帮，送去家里厨娘烤制的乳扇和"粑粑"（一种奔子栏特有的烤饼），探问去拉萨的路线，才得知泽永一行从奔子栏出发后，逆金沙江北上，去了四川的德荣、巴塘，在巴塘寺院完成刻经后，再随马帮从川藏线前往昌都到达拉萨，后又曾随马帮去到尼泊尔、印度等国。

马帮告诉格卓，茶马古道的主要线路有两条：一是从云南的普洱茶原产地（今西双版纳、思茅等地）出发经大理、丽江、中甸、奔子栏、德钦到西藏的左贡、邦达、然乌、察隅或昌都县、洛隆、边坝、嘉黎、工布江达、拉萨，再经由江孜、亚东分别到缅甸、尼泊尔、印度；一是从四川雅安出发，经泸定、康定、理塘、巴塘、昌都（或从康定到甘孜德格、昌都），与上述线路重合，到拉萨，再到尼泊尔、印度，或经阿里西行克什米尔。两条主线沿途，还有无数大大小小的支线蛛网般密布在这一地带的各个角落，将滇、藏、川"大三角"区息息相关地联络在一起。其中昌都县是各条茶马古道的必经之路，可延伸出 7 条线路：1. 从昌都西行，经恩达、洛隆、硕扳多、边坝、嘉黎等地至拉萨；2. 昌都西行，经恩达、类乌齐、丁青、索县，横穿三十九族地区（原名霍尔波三十九族，是蒙古人的三十九个部落）至那曲；由丁青、尺牍折向西南经比如、嘉黎至拉萨；3. 昌都西行，经恩达、洛隆、硕扳多折向南，进入波密地区，经林芝、米林至拉萨；4. 昌都北行，经恩达、类乌齐、青海囊谦至玉树；5. 昌都至八宿折南可到察隅；由芒康折东可至四川巴塘；6. 昌都南行，经牟拉（山）至察雅；经察雅至芒康竹巴笼，再经巴塘至康定；7. 昌都东行，经妥坝、德格至康定。

这么多道路可以出发，但哪一条，可以送一个柔弱女子去相会梦中的爱人啊……格卓望着金沙江的滚滚怒涛，望着面前的千万重大山，心中既满怀渴望又格外胆怯。女儿一天天长大了，到了牙牙学语时，有一天竟对从盐井归来的格卓的表弟洛松喊了声"爸爸"。

洛松是格卓的远房亲戚、表兄弟，家住德钦，也是行走在茶马古道上的盐贩，常去盐井买盐，运往云南和四川以及西藏昌都等地。这天，他风尘仆仆驮盐来到奔子栏，也从拉萨带来了泽永的好消息。

原来，泽永已在拉萨八廓街下属色拉寺的一家四合院里买了房，楼上楼下共三间屋子，楼下的还是一间铺有木地板的临街商品房。洛松此次去拉萨贩盐和茶叶等，就住在泽永的新房里，泽永拜托洛松送格卓和小女儿去拉萨，担心格卓会改嫁。

经过再三思量，格卓决定背上女儿随表弟洛松的马帮于这年藏历四月启程。她思念泽永，也向往圣地拉萨和拉萨人来熙往的八廓街……

4

多年后，我终于回到了奔子栏。表舅爷爷洛松还健在。当我问起外婆格卓当年如何背着我的母亲，随茶马古道走到拉萨时，这位茶马古道上的硬汉不由老泪纵横……他望着窗外奔子栏山野中的松柏林回忆着，沧桑的回忆像茶马古道上他曾用过的老旧的羊皮鼓风袋，将昔日外婆青春的火焰渐渐点燃……

大约是1947年藏历四月十五的一天，洛松的马帮选择好吉日，出发去拉萨了。健壮的头骡头上戴着用牦牛尾巴染得艳红的缨络，颈上挂着铜铃，其他上百匹骡马也装束一新，并满载丽江的普洱、奔子栏的木碗等，太阳刚一出来，马帮就开始举行出发前的祈祷仪式，祈祷佛、法、僧三宝保佑，祈祷一路上的山神、龙神等保佑，此次出发，马帮将从聿赉城去到盐井收购最好的桃花盐，再沿澜沧江北上至今日西藏芒康、左贡、察雅到昌都县再到八宿至波密，过工布江达前往拉萨。计划行程为四个月左右。而泽永将骑马前往工布江达迎接格卓母女和马帮。

当时，抗日战争已结束，内地陷入内战，西藏虽没发生战乱，但格卓的父母认为世道很有可能发生巨变，他们担心女儿此去难回。但无论父母如何劝阻，格卓已决心随洛松的马帮去往拉萨。

家里为她准备了最好的骠马，并把一路的衣食和陪嫁全部驮给了她。她背上刚满一岁的女儿，脖子上挂满全村送别的哈达，依依惜别的泪水模糊了双眼。但她还是微笑着，向父母承诺，明年就会回到奔子栏，回来看望他们，并接父母去拉萨朝佛。

但茶马古道何其艰险，这一别，格卓再也没能回到家乡。

沿着格卓外婆的足迹，那一次我们乘车翻越白玛雪山，抵达德钦县，仰望云雾缭绕的梅里雪山，我哭了。如今，外婆格卓早已往生，梅里雪山啊，只有您见证过格卓当年的真容：她个子小巧、瘦弱，并不像大多数康巴女子那么强壮，她背着女儿跟随马帮行至梅里雪山脚下时，风雪已摧没了女儿的花容。但她那双清澈的眸子却光芒依旧，在梅里雪山您的脚下，她曾匍匐长拜，祈祷您保佑马帮和她们母女一路平安，能早日抵达拉萨朝拜觉沃圣殿，并与爱人团圆。

神山梅里啊，您矗立在金沙江、澜沧江、怒江三江并流的高地，您听见了格卓的祷语，激流的江河也都听见了。后来的路上，格卓背着女儿，牛皮厚底的藏靴都被磨穿了，还是非常顺利地进入了西藏昌都境内。她翻越了滇西北横断山脉逶迤北来的连绵十三峰，走过峡谷险滩、林海雪原、冰蚀湖泊以及广阔美丽的雪山花甸，还顺利通过了一座座溜索桥……

来到德钦滇藏交界梅里雪山北边的澜沧江边时，我回想起洛松舅爷讲的格卓当年背着女儿"飞过"篾溜索"桥"的故事，眼望滚滚江河，不禁头晕眼花，魂飞魄散……陡峭山崖下，江面狭窄，水流湍急，据说当时无舟船可渡，人马只能靠竹篾溜索过江。洛松和几个马帮里的男人一起，先把格卓和她背着的女儿紧紧捆绑在一起，再将格卓和女儿一起用绳索捆绑在形如筒瓦（溜筒）的滑梆上，让她们母女从溜索一端凭借惯性往对岸滑行。

马帮里的男人此时脸色也变了，个个神情紧张，不敢言语，格卓双腿发软，眼泪涌出来，却没有退路，唯有咬紧牙关闭上双眼，祈求佛祖保佑……当她和孩子安全落岸，她不由扑倒在地，放声痛哭，但这时，只见对岸有几匹骡马吓得嘶叫着连连后退，赶马人费力地拽住想要逃窜的骡马，往骡马的耳朵里灌进石子儿，令其听不见江水的涛声并疼痛难忍，束手就擒后，几个人揪住马耳朵将其绊倒，再将马的四蹄捆绑到滑榔上，但不等对岸的人将溜过去的马的四蹄捉住从溜绑挂钩上放下，一匹骡马突然惨叫着落下滔滔江河……之后开始溜货物时，洛松和马帮们将较重的货物分开打包逐一过溜，又有一些货物滚落于激流。粉丝、红糖、茶叶、面条、火腿、布匹、药材、藏香等在半空中飞散，旋即被水流吞没……洛松一行的马帮遭受的损失不计其数。格卓不敢再哭泣了。她悄悄站起来，抹干眼泪，把女儿重新背好，决心不拖马帮的一丝后腿——

但漫长的茶马古道上，还有更多的天险等待着她，其中溜索桥众多，大多有两种，一种是双股溜索桥，另一种是单股溜索桥。

双股溜索桥是最好的溜索桥，往返分开双向受力。向下滑行的速度非常快，快到落点处时，溜索又缓缓上升，能将滑行者稳妥地刹住。但单股溜索桥非常艰险，桥索中间下垂，靠重力滑到中间后，必须靠换手节节向上爬到对岸。一般一个小时可以过三人。

溜索桥的绳子大都是竹皮拧成的，一块半圆形木头套在绳上，西藏称其为"马鞍"，用皮带驮拴在这个鞍子上就能滑过去，供人用的鞍子比马用的长一些。

溜索桥又叫筚桥，用竹篾拧成一根粗大的绳索，系于河谷两岸，借助木制溜筒，依赖重力将人畜滑向对岸，俗称"溜索"。据说要先用细长的麻绳借强弩射向对岸，把细绳的一端拴在篾索上，再拉向对岸；或选一江水转弯处，把篾索直接放入水流中，河对岸的人在河弯处接住篾索的终端。后来的独索"溜索"又多演变为骈索，即以数根竹索并排横跨两岸，复以竹篾竹索编成桥面，人畜通行其上……

洛松一行有 100 多匹骡马，另有 10 多名佩戴步枪的保镖。在漫长而崎岖的山路上，庞大的商队仅过溜索桥就花费了整整一天的时间。终于来到温暖秀美的盐井了，马帮在盐田附近安营扎寨，围着火塘喝酒欢庆，洛松将哈达拴在酒瓶上，邀请美丽的盐井姑娘和俊美的小伙们跳舞唱歌。格卓抱着女儿，疲惫得和衣躺倒在帐篷里，沉沉地睡了。

5

我们在昌都地区的行程是从成都乘坐飞机到邦达机场，再乘车从214滇藏公路前往盐井。

滇藏公路从1950年8月开始修建时，自云南大理大关开始，到西藏芒康，全长716公里，直到1973年10月才建成通车，之后又一次次地扩宽路面、提高公路质量，214滇藏公路一直修到邦达，与318国道汇合。而在川藏、滇藏以及贯穿昌都境内的各条公路未曾间断的修建过程中，茶马古道已逐渐被公路替代，古老的茶马贸易也已消失。

盐井曲孜卡，外婆格卓曾经沐浴过的温泉还在。只见温泉水在月光的照耀下犹若白雪，格卓给女儿洗去一路风尘，自己也在温泉的滋润下，如一朵出水的白玛（莲花）。脸上连日来风吹日晒的裂痕瞬间愈合了，曲孜卡奇妙的温泉水，又令格卓变回了土司家族娇美的千金小姐。从盐井再启程，来到海拔4000多米的寒冷的现今芒康县，昌都境内的铜山铁海，在茶马古道上如奇峻的坛城道场，乘车而行的我们，也在万般惊险的层层盘山路上迷惘失措了。当年，格卓和马帮却是步行啊，哪里又有什么道路？！只有骡马的蹄印和马帮人踩出的一条条羊肠古道。而去到拉萨，一路还可能遭遇土匪抢劫，遭遇熊、雪豹和狼的袭击。但每到一处，人们蜂拥前来给马帮献哈达、敬酒敬茶，像欢迎英雄到来般载歌载舞。其中唯一还背着孩子的女人格卓，更是被热情的人们包围了，老人劝她留下来不要再走，女人们含泪送来最好的酥油和食物，邀请她们母女回家去住……茶马古道上人们的爱意和关切深深感动了格卓，洛松和马帮历尽艰险给人们送去盐、茶叶和百货换回的尊敬是那么令人欢喜和幸福。

行驶在昌都境内，昔日的茶马古道虽已不复存在，但一路淳朴的人民，使我缅怀外婆格卓时，感到无限安慰和喜悦。也许，这正是格卓以及众多马帮当年之所以能够千里迢迢走过茶马古道的精神力量的所在。

什么样的大地，养育什么样的子民。昌都作为各条茶马古道的必经之路和重要枢纽，虽然大自然万般险要，人民却格外坚韧和善良，使得茶马古道从古至今，在各个历史时期，为和平和民生作出了不可磨灭的贡献。而我的外婆格卓，背着女儿，一路翻山越岭，沿着峡谷两岸山峦上的野玫瑰灌木林，追寻着康巴人的歌声和骡马的铜铃声，在步行近200多天后，终于来到拉萨，与家人团聚后，她的故事也如西藏的玫瑰流传在茶马古道当年马帮的记忆中。

如今，茶马古道已成为一种缅怀。从青海、甘肃、四川、云南各条公路进入昌都境内已全部通车。货车、客车、自驾游的旅客以及每年十多万人次的骑行客和徒步旅行的人，已使茶马古道上的昌都再次成为交通枢纽。其中，更有一类人群，像祖辈一般意志坚韧，他们虽不再以骡马托运物资徒步贸易，却继续着祖辈的信仰，一步一长磕，以身量地途经昌都去往拉萨朝拜。在他们当中，我常看到格卓的背影，穿着藏袍，头发上系着五彩丝线，为了去拉萨朝佛，为了心中的梦想，仿佛重现着昔日茶马古道之精神。

六月，山花烂漫，野生蔷薇科落叶灌木林茂密的枝叶上，西藏的玫瑰在横断山脉和三江河谷层叠绽放。这时，我的外婆格卓和茶马古道虽已永远消失，却已铭刻在我心。

再见日喀则

　　光阴像被融化的金子，穿过重重雪山，来到我的眼前。我就在这个时刻，出发了。

　　很多地方我已经去过。但现在的我和曾经去过的我却不同，这使我的出行充满了新的喜悦。时间已是 2009 年 5 月，不久，当旦那上初中的第一个暑假来临，我又选择了日喀则，带着旦那开始了又一次旅行。

月光中的残迹

日喀则地区，西衔阿里、北靠那曲、东邻拉萨市和山南地区，外与尼泊尔、不丹、印度等国接壤。日喀则建城已有600多年，曾是后藏的政教中心，也是历代班禅的驻锡之地，境内有珠穆朗玛峰、萨迦寺以及抗英遗址……厚重的历史、充满神性的自然以及后藏人们独爱美酒和歌舞的民间生活，都使我们想要再去。

我们准备好睡袋和简单的衣物，打算先去最远的地方：经由日喀则镇，直奔西藏边境樟木口岸。

我们选择的交通工具是拉萨客运站的长途客车。虽然可以随旅行团也可搭朋友的车，但我很不乐意和游客为伍。我和旦那，我们格外向往的，是西藏的民间。

长途客车站人很多，大多是从地区回来或者要去地区的农牧民，大包小包的编织袋里塞得满满的，客车司机不得不把很多行李捆绑在车顶上。大家一起帮忙，朝车顶传送行李，再用绳子固定好，很快，客车顶上就长出了一座小山丘。梳着五彩辫子、穿着黑氆氇坎肩的大叔满意地望着车顶，在客车旁就地盘坐下来吸完最后一撮鼻烟，喝完最后一碗藏茶，把茶碗揣进怀里，把小辫子盘起在头顶，慢吞吞起来拍拍屁股上的尘土，终于上了车；几位裹着头巾的妇女提着大包小包也上车了。车里全部坐满了，客车轰然发动，那一刻，我的心全部松弛下来。除了我们，车里全部是前往日喀则的乡亲。他们穿着后藏的衣袍，满身尘土，满脸笑容，还没坐稳，就忙着拿出各种糕点和糖果相互敬赠。我和旦那坐在他们中间，感到非常安全。如果有一点点需要，我知道车上的乡亲随时会帮忙。

旦那开始玩他的电子游戏，我则在那个司机——日喀则小伙一路上一分钟没有间断的歌曲大联播中开始放心大睡。

那些歌声和着窗外的土地充满了我的心。其中一首日喀则民歌听得我在梦里都笑了。那是一首多么酣畅快乐的歌啊。我想任何人听见、看见那个爽朗的歌唱的妇女，都会从心底里笑逐颜开。日喀则的妇女，就是如此，像一轮轮火热的小太阳。

客车在四个多小时后，终于摇摇晃晃地驶进了日喀则镇汽车站，我的耳畔，车上的民歌还在回荡着，旦那已经跳下车，像一个小男子汉一样爬上了客车车顶取我们的行李。我望着满载大包小包的高高车顶上的他，有些眩晕。我们母子的旅程就要开始了，虽然我们曾结伴去过三亚、北京、哈尔滨等，但在西藏还是第一次一起出行。

旦那背起了沉甸甸的旅行背包，身穿黄黑两色的防雨外套，我们母子走在日喀则镇的大街上，煞有旅行者的架势。但在寻找旅馆的半路上，旦那有些不耐烦地问："这就是日喀则呀？"

"宝贝，我们只住一晚，只是经过这里……"我有些心虚了。此次旅行是我的建议，旦那本可以舒舒服服在拉萨的家里看漫画书、打电脑游戏……

我们走了一段，终于选了某个旅馆住下。"接下来干什么？"旦那无精打采地问，一面打开了电视。电视里大多是广告，旦那显得更无聊了。

"我们上街逛逛，再去吃饭。"我察看着旦那的脸色说。我知道，窗外的日喀则镇已今非昔比。沉甸甸的历史、充满人情味的小街巷、飘着酒香的小宅院和黄昏袅袅的炊烟已难寻觅。它正处在丢失自我又无力追赶时尚的尴尬境地。开发中的步伐，像是一则"一要减一"的公式，弄得自己得不偿失。而我的爱子旦那，正处在青春叛逆期，这样的城镇只会令他更加否定一切，更加满心不屑。

还好，弯月在夜空，从我们的后窗望去，竟是宗山遗址！白月在泛着岁月沧桑的古墙上飘动着，旦那问我："那是日喀

再见日喀则

则的小布达拉宫吗？"

夜幕降临，我们的目光从宗山开始，就要触摸到先民了。

这晚，我和旦那在日喀则的街上吃过饭，回宾馆的路上遥望着月光中的"小布达拉宫"，我简单地给他讲了"小布达拉宫"来自民间和历史的故事。

民间的传说有趣而诙谐："后藏人听说拉萨的布达拉宫无比辉煌，便想仿造一个，于是派工匠们将布达拉宫的图样刻在了萝卜上，回去后按照模型盖起了一座宫殿。但怎么看都不如布达拉宫宏伟，原来从拉萨赶回日喀则的路程太长，那个萝卜模型蔫了，脱水缩小变形了……"旦那笑起来："妈妈，日喀则人哪儿有那么笨呀？"

"这可能是日喀则人太聪明，卫藏人嫉妒了，故意编出来的笑话。"我说。

"妈妈，那曲人、泽当人、康巴人、拉萨人，快讲讲他们是怎么互相挖苦的？"

"传说吝啬的泽当人可以拿一枚土鸡蛋走亲访友和朝佛，逛完整个拉萨城；自古康巴出英雄，安多出学者，拉萨只出达官贵人……"我想了想，给旦那讲了一些藏地不同地区流传的笑话，旦那很是开心，觉得很形象。望着旦那的笑容，我总算松了口气：虽然眼前的日喀则正全力投入"开发建设"，却并不能给一个纯洁的少年带来一点儿惊喜。

皎月的长影在宗山上徘徊，我又和旦那说起关于"小布达拉宫"的历史故事：日喀则宗山原址又叫桑珠孜宗堡，据说是布达拉宫建筑样式的祖版。元至正二十年（1360 降曲坚赞创建，落成于 1363 年，位于日喀则古城北侧。"宗"在藏语中的意思为"堡垒""要塞"，桑珠孜宗堡既有御敌防卫的功能，又是原西藏地区县官衙署，也是西藏城堡建筑中出类拔萃的代表作。它东西长 280 米，高 92 米，占满整个日光山顶。宗宫殿是土木结构，其宫殿将日光山头环抱。其中，宫墙巍峨耸立，宫内回廊陡梯，高低曲折，有楼外楼、宫内宫、殿上殿。高踞最上一层的日光殿是五世达赖的寝房。第二层供奉弥勒佛、宗喀巴、莲花生、文殊等各种大小铜铸泥塑菩萨佛像及宗教祭祀用品，收藏有全套《甘珠尔》《丹珠尔》及各种文物，四面壁画遍布。其下两层，是宗政府的办事机构、宫廷卫队和司法机关、牢狱及仓库等。全部宗宫原有 300 多间房屋，相传当年固始汗推翻藏巴汗噶玛王朝，曾迎请五世达赖喇嘛到首府日喀则，五世达赖喇嘛曾住过桑珠孜宗堡最上层（住宿层），之后固始汗和五世达赖喇嘛在清朝康熙年间重修布达拉宫时，采用日喀则旧王宫的木料等，并以日喀则桑珠孜宗堡建筑为样板，只是在规模上有所扩大、增高。如今木石结构的宫堡，因岁月侵蚀逐渐损毁，又于"文革"时期被摧毁破坏，现仅存最下层的遗址，只剩城台的一些残垣断壁……

宾馆到了。我们开门进到房间，从后窗望去，宗山上的"小布达拉宫"日喀则旧宗遗址还在月光中徜徉，像一位沧桑的老人，又像一场幻梦。我和旦那没有开灯，我们默默地望着它，我知道此刻，旦那正沉浸在他绘画的角度，在仰望它古老神秘的美；少年的思绪一定还联想纷飞，眼前的古堡曾经的刀光剑影和传奇，把过去的时光变得惊骇和瑰丽……然而不可回避的是，凡源于维护统治的建设，难免将在统治的变迁中消亡。好比桑珠孜宗堡，追溯到600多年前，元顺帝钦封的"大司徒"强曲坚赞，将藏地划分为13个大宗，在每个宗修建了一座宫堡式建筑，集合寺庙与政府的功能。掌管日喀则地区僧俗事务的桑珠孜宗堡，是最后一个建造的。它不仅是当时西藏政教合一政权的象征之一，也在当地百姓心中矗立起古城天际线的制高点。

珠峰的眼泪

离开日喀则镇去往樟木口岸，开车的师傅是四川人，长达八个多小时的路程他一首歌也没播放，说是放歌的机子坏了。

去樟木口岸，是为了让旦那看看边境是什么样子。

车上的人很杂。除了日喀则樟木本地的百姓，还有外省的游客。他们大多要从樟木去尼泊尔，都有私人护照。

中午，车停在定日岗嘎镇。岗嘎镇位于协格尔西南 67 公里的中尼友谊公路，海拔 4340 米，从这里可以看到喜马拉雅山脉的大部分景点，世界第六高峰卓奥友峰巍然耸立于盆地南缘，两侧有 10 多座 1000 米以上的群峰，珠穆朗玛峰、拉布吉康雪山等在远天头戴白雪桂冠，漂浮云海中。乘客们下车后大呼小叫地忙着拍照，我和旦那默默地远眺雪山，也许因为天天面对群山，生活在群山之中，我们没有感到特别兴奋。不一会儿，司机用四川话招呼大家吃饭。他带我们来到一处坡地，有一个藏式四合院，里面被改造成川菜馆，刚一走进，我就闻到了豆瓣酱和熟油辣子的味道。老板娘嗓门很大，"快进来坐！"她热情地招呼我们，显然和我们的客车司机是一条龙服务。她忙着擦桌子倒茶，胖胖的脸颊也晒成了高原红，客车上内地来的游客点菜时嗓门也放大了，似乎在这么偏远的地方见到老乡很是开心。老板、老板娘、厨师的吆喝声、跑前跑后的忙乎声此起彼伏，一桌桌川菜出锅了。

我和旦那点的菜也上了。珠峰就在不远处，空气里能嗅到冰雪的气息，灿烂的阳光里，也能看到闪亮的冰凌，川菜很快就凉了，吃到肚里，感觉身体也凉凉的，热量不够。我和旦那跑去院子外面晒太阳。从院子外面的坡地上望去，麦浪翻滚，青稞在干涸的土地以及炽烈的阳光中顽强地生长着，青绿的麦穗上，锋利的麦芒一簇簇像青稞倔强的胡须。一些本地妇女和孩子围过来，向我们乞讨。我去客车上拿来零钱和苹果、食物分给她们，外省来的游客这时吃完也出来晒太阳了，其中有个人对我们说："你看她们戴的耳环、项链那么多，怎么会穷得乞讨？"

"那些不是真的。"我笑道。我只能这样解释。我没法告诉他们，乞讨的农妇除了青稞自给自足，没有其他经济收入，但穷也要爱美呀……所以，即使乞讨，也会戴项链和耳环装饰自己，即便那些不是真金和宝石。

"啊？那你看他们很开心的呀，没有觉得很可怜呀？"几位游客还是疑惑。我无语，这就是文化差异了。物质贫穷的人不一定就是精神乞丐啊！

一位乞讨的妇女走过来，黑氆氇藏袍上满是尘土，看上去只有三十出头，背上背着一个襁褓，我和旦那凑近了看，是一个白白胖胖的婴儿，大大的眼睛，黑黑的，睫毛长长的，朝我们笑。

"好乖呀，孩子几个月了？"我问她。但她咿咿呀呀的，用手比画着。

"妈妈，她是哑巴。"旦那说着迅速从我的背包里掏出我的钱包，抽出两张一百元递上去。哑巴妇女迟疑地望着我不敢接，我有些尴尬，旦那的脸红了，气呼呼盯着我，似乎在说："妈妈，你太吝啬了！"

在游客的"啧啧"声中，我点头请她收下。哑巴妇女一脸惊喜地把钞票揣到怀里，然后回头摇晃襁褓中的婴儿比画着，似乎要小小的婴儿一起给我们道谢。

我忙摇手，心里一阵难过，眼前，喜马拉雅山脉像古特提斯海的波浪，将这片土地高高地隆起，神女峰极目可眺，她也该是这位哑巴母亲和孩子的庇护啊……

喜马拉雅山脉，藏语意为"雪的故乡"，位于日喀则定日县南巅边缘，是世界海拔最高的山脉。主峰是世界最高峰珠穆朗玛峰,是藏语"第三女神"的意思,海拔高达 8848.86 米(2020)。

据资料显示,喜马拉雅山脉是从阿尔卑斯山脉到东南亚山脉这一连串欧亚大陆山脉的组成部分,所有这些山脉都是在过去 6500 万年间由造成地壳巨大隆起的环球板块构造力形成的。大约 18000 万年以前,在侏罗纪,一条深深的地槽——特提斯洋与整个欧亚大陆的南缘交界,古老的贡德瓦纳超级大陆开始解体。贡德瓦纳的碎块之一、形成印度次大陆的岩石圈板块,在随后的 13000 万年间向北运动,与欧亚板块发生碰撞;印度—澳大利亚板块逐渐将特提斯地槽局限于自身与欧亚板块之间的巨钳之内。在其次的 3000 万年间,由于特提斯洋海底被向前猛冲的印—澳板块推动起来,它的较浅部分逐渐干涸,形成青藏高原,构成世界地形的第一级阶梯……如此宏大的地质运动和几乎可谓地球新生的构造中,我望着旦那,望着眼前乞讨的哑巴女子和她背着的可爱婴儿,以及我、我们,这些诞生在这片高地的族人,我们的生命和这一切的关联在哪里?

关于神女峰和喜马拉雅的资料太多了,堆积起来的高度或许也能变成一座雪峰。旦那对其中的神话传说情有独钟:"很早很早以前,这里是一片无边无际的大海,海涛卷起波浪,搏击着长满松柏、铁杉和棕榈的海岸,发出'哗哗'的响声。森林之上，重山叠翠，云雾缭绕；森林里面长满各种奇花异草，成群的斑鹿和羚羊在奔跑，三五成群的犀牛，迈着蹒跚的步伐，悠闲地在湖边饮水；杜鹃、画眉和百灵鸟，在树梢跳来跳去，欢乐地唱着动听的歌曲；兔子无忧无虑地在嫩绿茂盛的草地上奔跑。有一天，海里突然来了头巨大的五头毒龙，把森林捣得乱七八糟，又搅起万丈浪花，摧毁了花草树木。生活在这里的飞禽走兽，都预感到灾难临头了。它们往东边跳，东边森林倾倒，草地淹没；它们又涌到西边，西边也是狂涛恶浪，打得谁也喘不过气来，正当飞禽走兽们走投无路的时候，突然，大海上空飘来五朵彩云，变成五位仙女，她们来到海边，施展无边法力，降服了五头毒龙。妖魔被征服了，大海也风平浪静了，生活在这里的鹿、羚、猴、兔、鸟，对仙女顶礼膜拜，感谢她们的救命之恩。仙女们告辞要回天庭时，众生苦苦哀求，要求她们留下护佑众生。于是五位仙女发慈悲之心，同意留下来与众生共享太平之日。五位仙女喝干了大海的水，于是，东边变成了茂密的森林，西边是万顷良田，南边是花草茂盛的花园，北边是无边无际的牧场。那五位仙女，变成了喜马拉雅山脉的五个主峰，即祥寿仙女峰、翠颜仙女峰、贞慧仙女峰、冠咏仙女峰、施仁仙女峰，屹立在西南部边缘之上，守卫着这幸福的乐园；

那为首的翠颜仙女峰便是珠穆朗玛，她就是世界最高峰，当地人民都亲热地称之为'神女峰'……"

但神话也给他带来了烦恼，在我们去往仓达温泉的路上，他不停地问："仙女是不是老了，看不见那个可怜的哑巴妈妈和她的孩子啊？她们不是答应要永远帮助和保佑这里的人们吗？"

我不知怎么回答旦那，喜马拉雅的崛起、珠穆朗玛峰的挺立，对那位年轻的哑巴母亲和她的孩子来说，除了空气更加稀薄，还有什么具体的关系呢？或许，因为这场地质运动，她的祖先漂泊到了其他板块和陆地，从此他们的心性和民俗与她的家乡和青藏高原上的我们总是有着很多相似，在人类文化诸多的不同中，穿越历史和光阴，有一天，或许我们终能发现血亲，发现我们本是一家人，那时，日喀则定日岗嘎镇的这位哑巴母亲和她的孩子，或许会有很多失散的亲人，她们母子将拥有无数的家……

仓达温泉到了。仓达温泉位于定日县岗嘎镇西侧的山岗上，也许因为海拔太高，我头痛起来，没敢去泡温泉，只在山岗上的一个井口大小的温泉中，叫旦那帮忙舀水，洗了洗头发，算是接受了地质深处的洗礼。

旦那没什么反应，在温泉周围红色的岩石上跳来跳去，继续发表他的奇谈怪论："妈妈，我想温泉就是岩浆，岩浆就是地球的骨髓。"

我坐在岩石上晒太阳，这里的温泉口好像不多，流出量不大，但干燥的空气里还是飘着温泉升起的一股股温热的蒸汽，夹杂着矿物质的气味。据说凌晨从温泉岗上望去，可以看到珠峰和奥友峰从太阳里出来。

"走吧？"在仓达温泉周围转了一阵后，我叫旦那。旦那爬到山岗上面的岩石坡上去了，脸晒得红里透黑，听到我叫他，一蹦一跳跑下来，直接冲到了山岗下面的土路上，站在路边很熟练地举起手臂搭车。一辆客车停下来，带我们回到了镇上，我们找到一家拉萨饭店吃晚餐。

小餐馆里烧着藏式铁炉，非常温暖，我们点了酥油茶和藏式牛肉面坐下来，才看清小小的餐馆里还有两个外国人，一男一女，是一对夫妻吧，看上去有70多岁了，餐馆里的一只黑猫在他们旁边睡着，旦那跑去逗猫时，那位外国妇人给旦那拍了好几张照片，我就用当时仅会的几句英语问他们："where are you from?How long stay here?Where are you planning to go next?"（你们从哪儿来？要在这里待多久？下一步计划去哪儿？）

再见日喀则

他们果然是夫妻，来自德国，70多岁，退休后开始旅游，明天他们要去珠峰大本营。

也许因为常年在高海拔地区生活，我和旦那更向往绿洲，我们的计划里没有珠峰，我们只想呼吸到更多充满花香的浓浓氧气。

这晚，我们在"拉萨饭店"不足十平方米的简陋房间里，钻进各自的睡袋，看了一会儿黑白小电视，早早就睡了。

"这就是五星级……"睡意蒙眬中，传来旦那的笑话。窗外很冷，但明天，就要去温润的樟木口岸了……

在墙上睡觉的蝴蝶

1

第二天一早，在小餐馆喝过香浓的酥油茶，吃过油煎牛肉饼，我和旦那背起各自的睡袋，又去公路上搭车，很快就搭上了一辆越野车，司机是一位系着红缨子的康巴大叔，听说我们母子想去樟木旅游，很友好地停下车，招呼我们上去，一路上除了回过头问了我们几句"旦那几岁了？在哪里读书？你在哪里工作"等等，大部分时间一直在大放康巴歌曲，他自己也一面喝着红牛，一面开心地跟着车里的歌曲大联唱。他的嗓子非常好，原生态的歌喉在越来越葱郁的山谷中，越来越欢快。

两岸的青山渐渐高起来，树木越来越茂密，一条条从山上奔泻下来的溪流，像群山抛献的千万条哈达，我和旦那欣喜地望着窗外，感觉呼吸也变得轻松起来。但路况不太好，越来越颠簸，就要到樟木时，山上冲下来的沙石和水流又折断了道路。堵在路上的车望不到头，我们耐着性子在车里等了半个多小时，前面传来消息，今晚道路抢修不完，车辆要等到明天才可以通过。

"妈妈，我们走路进去吧！"

旦那跳下车就要走，我慌忙去拽他时，康巴大叔说距离樟木镇步行也就一个小时不到的路程，我们忙谢过康巴大叔，背上背包开始徒步去往樟木小镇。

山路很窄，被停下来的长长的车队塞满了，我和旦那只能一前一后贴着山根朝前走。好几处路段的山崖上还在淌水，得穿过细密的水帘，我们的头发和衣服都湿了，旦那特别高兴，

再见日喀则

越走越快，遇到积满水的泥坑，他还故意踏进去踩，溅得四处都是。好在气候越来越温暖，山上冲下来的积水一点儿不冷，路上大大小小车子里的人们都很友好地朝我们笑，并且每辆车都在大声播放不同的歌曲，所以一路走去，一直有快乐的音乐伴奏。突然，一片依山而建的小镇出现在眼前，就像多年后我和旦那去到斯里兰卡看到的康提，美极了！

樟木镇到了！据记载，樟木口岸地处中尼边境中段南麓沟谷坡地上，海拔只有2300米，地属亚热带。我们走到的时候是上午12点左右，天上飘着水雾，而接下来几天这里一天下几场雨，阳光在雨水中闪耀着五颜六色的光，美极了。小镇纵深狭长的小街上满是热带水果铺子，铺子里有被热带太阳晒得黑黑的尼泊尔人、印度人和夏尔巴人，街上还有欧美来的游客……旦那和我格外高兴：我们在植被稀少的山群中，在干燥、稀薄的空气、文化和人种单一的卫藏地区生活了太久，总算能大口呼吸潮湿而富氧的甘凉空气，总算可以感受到一种来自外部世界的流动了！我们找到一个沿街的藏式小家庭旅馆住下，我们的房间在三楼，带一个小阳台，从阳台上望去，小镇层叠错落的民房依山而建，分外秀美。

我和旦那洗漱一番，感到非常惬意，一点儿不觉得累，只是肚子很饿，应该是氧充足后的反应。我俩慢悠悠走上街，东逛西逛，走进了一家尼泊尔风味的餐馆用餐。尼泊尔奶茶和菜品刚上，一缕阳光从餐厅的后窗摇进来，我们顺着光望去，对面的楼上，有两个十四五岁的尼泊尔女孩在窗口冲旦那笑。她们向旦那挥手。旦那的脸红了。但异国少女火热的笑声穿过阳光，呼喊着他："Hello,handsome,how are you？"（嗨！帅哥，你好吗？）旦那低着头吃着他最爱的咖喱饭，不好意思再抬眼看后窗楼上的少女，先前的调皮劲儿突然没影了，变得很腼腆。卫藏的男孩大都这样，虽然天性诙谐顽皮，内心却十分羞怯。所以到过卫藏，接触过卫藏人的朋友都知道，羞涩、羞怯，不是女性的专用词……

第二天一早，我们去了中尼友谊大桥。桥下，湍急的水流深不可测，桥的对面，另一个国度在灿烂的晨光中遥不可及。我和旦那在桥的这岸久久流连。那岸呈喇叭形的出口，将是怎样的民俗风情，我们浮想联翩。这时，一些有私人护照的人陆续过桥了，另一些做边贸的货车也缓缓开来。旦那踮起脚尖，抬起下巴使劲儿朝桥对岸看，我知道他很想飞跑过去，我也是，那边有异国文化的大餐，我们多么饥渴啊！好在多年后，我们母子都实现了各自的梦想，走出大山，在多元文化的世界中追根溯源地畅游，只是走过中尼大桥，在湍流之上漫步，从喜马拉雅山脉的冰雪极地去到另一面神秘的丛林……这个梦想还需等待。

2

小小的樟木镇被葱郁的大山簇拥着，有很多飞鸟和虫子，一只美丽白羽、黑黄斑点的蝴蝶在墙上睡觉，旦那惊喜地看了很久。可惜那时我们还没有手机，拍照很不方便。

我和旦那去了夏尔巴人的村落。

据说夏尔巴（Sherpa），藏语意为"东方人"。关于夏尔巴人的起源，有多种说法，我和旦那更喜欢下面这种说法：夏尔巴人历史上曾被仇家杀绝，只有一个青年逃到尼泊尔，后来返回家乡复仇成功并且繁衍至今，长期与藏族通婚……基因研究也显示夏尔巴人在1500年之前吸收了藏族基因。他们世代信仰佛教，丧葬文化据说有所不同：夏尔巴人去世后，不天葬，但也要先请喇嘛念经，然后举行火葬或土葬。夏尔巴人有姓氏，当年逃亡到这里的祖先为了躲避追杀，才把自己的姓隐瞒了。只有遇上结婚这样的大事时才能说，因为夏尔巴有一个传统，即同姓人不能结婚，要是同姓人结婚了，会被赶出村子。

如今，夏尔巴人散居在西藏、尼泊尔、印度和不丹等喜马拉雅山脉两侧，大多说藏语和夏尔巴语，使用藏文。1980年，据学者陈乃文先生考证有4万多人，主要居住在尼泊尔境内；西藏境内只有1200多人，主要聚居在聂拉木县樟木镇立新村、雪布岗村，定结县陈塘镇，樟木沟和陈塘沟。

我告诉旦那，相传在喜马拉雅山脉中有一种叫雪人的神秘生物，后来又有人说这种神秘生物就是夏尔巴人。旦那听了也很失望，因为传说中的雪人身躯庞大，红发披顶，全身裹满灰黄色的长毛，步履矫健，自如穿梭于不同的空间，所到之处都会留下神秘的气场……想不明白这和夏尔巴人有什么关系，除了攀登珠峰，夏尔巴人看上去和我们没有区别呀。

不过看上去并不格外强壮的夏尔巴人，据说血液中的血红蛋白浓度高于常人。从20世纪20年代起，夏尔巴人就为登山者充当向导和挑夫，每年到了攀登珠峰旺季时，最大的登山队还要以"盟主"的身份召集各国队伍，出钱、出物，请夏尔巴人先行上山修"路"。夏尔巴人在没有任何装备的情况下，冒着生命危险，架设长达7000—8000米的安全绳。他们随身携带路绳爬到高处，将绳端用冰锥固定进千年岩冰，垂下的绳子，就可以起到后勤运送、导路、辅助攀爬和一定程度上保障队员安全的作用。有一位西方记者曾开玩笑说，夏尔巴人长着专门用于登山的第三片肺叶；他们的血压很低，这保证了大脑供血充足，肌肉伸缩有力；与腿部相比，他们的躯干偏长一些。夏尔巴人与生俱来的登山天赋也曾让英国登山家亚瑟·韦克菲尔德感叹不已，他写道："这是老人、妇女、男孩和女孩组成的花花绿绿的搬运队伍，在海拔6000米的高度上，他们背着80磅的器材设备却能攀登自如，一些妇女甚至还背着孩子！晚上，这些'高山搬运工'睡在帐篷外边，只找一块大岩石挡风，他们似乎并不在乎夜里0℃以下的低温。"

据说夏尔巴人以生命为代价创下了"三个之最"：成功攀登珠峰人数最多，无氧登顶珠峰人数最多，珠峰遇难人数最多……所以这也是我和旦那不去珠峰营地的原因之一，我们不想看见那些豪情万丈、在珠峰上插旗子和留影的登山者。如果说想证实人类的生命力，那他们便多此一举，因为默默无闻的夏尔巴人才是人类真正的攀登珠峰的英雄，他们应该先谦恭地敬拜夏尔巴人，再去各自历险。

3

日喀则聂拉木县樟木镇，据说居住着占小镇总人口 49%
还要多的夏尔巴人。这天，我和旦那漫步在他们聚集的街巷里，
看到很多穿牛仔裤、一头乌黑鬈发的夏尔巴男孩在骑自行车玩
耍。我望着他们，再看看身边的旦那，突然发现旦那原来和夏
尔巴人长得很像！也是黑宝石一般的大眼睛，也是微微卷曲的
黑发，在拉萨时也同样喜欢骑自行车满街飞行……我们还是第
一次见到夏尔巴人，孩子们笑容灿烂，争先和我们打招呼，一
些在街边闲聊的妇女穿着色彩鲜艳的长袖衫，下身围一条花筒
裙，外面罩一件手工制作的白羊毛坎肩，梳着长长的带红穗的
发辫，戴着金玉耳环。记得自己当舞蹈演员时学习过夏尔巴舞
蹈，那个舞蹈叫《夏尔巴的春天》，从音乐到舞蹈的韵味都和
藏族舞蹈完全不同，倒是和尼泊尔的有些接近。那时从戏水、
服装等，我就想到夏尔巴人生活的藏地应该非常美丽，温暖而
泉水四溢，女人们婀娜多姿。不过的确，虽然攀登珠峰的贡献
不足以带给他们应有的尊严和应得的经济收入，但他们的日常
生活看上去要比定日县珠峰脚下的那些农妇好得多。我和旦那
从一个个夏尔巴人的家门前经过，仔细打量着他们，和大人和

孩子微笑，一面在心里默默祈祷：但愿资源共享的理念能早日带给喜马拉雅和珠穆朗玛地带的人们福祉，祝愿这些美丽而善良的人们幸福、安康！

4

接下来的几天，我和旦那每天在小镇的大街小巷狂走。温润的气候，饱满的氧气，让我们再也感觉不到累。

我们跑去爬山，小镇四周的大山高耸入云，爬到半山腰时就可以摸到白云，旦那高兴地挥舞着双臂，想要捕抓，但只是一团团水雾聚集，我们在中间，云雾缭绕在脚下，就像到了电影里的仙境。越往山上走，到处都有飞瀑，千万条飞瀑的奔流声交汇，那雄壮中又可听见涧水落珠的细腻，仿佛所有人类的音乐顿然失色。虫鸟、小动物披着草屑、带着各种山花和野浆果的气味跃水而过，丰盛的大自然里，最细微和最宏大的都是如此绝美和不可思议。我和旦那整天欣喜地流连于大山里的丛林和湿地，看各处奇妙的生命，感到这次旅行的目的地一点儿也没选错，毕竟，拉萨与这里相比好似沙漠，拉萨虽然是历史古城，但在纵深的文化里久了，也难免饥渴于多元。

除了去爬山，我们也和小镇里的蚂蚱作伴，跟着它们四处蹦跳，最后跳到了边贸市场。

边贸市场真是热闹啊，尼泊尔过来的边贸货车上画满了色彩缤纷的图画；那些车里满载着尼泊尔无农残的大米、木雕燃香盒、各种天然香料、天然草药制成的洗发护发用品、工艺精美的首饰，还有无污染的斯里兰卡红茶、印度头油、迤逦的各色沙丽、围巾和衣裙。在拉萨时，能在尼泊尔店里买到的东西，我是绝不会去本地超市买的。因为即使商品完全一样，一旦标上"进口商品"的字样就格外昂贵。但在尼泊尔店里，一大瓶尼泊尔或印度浓醇的正品蜂蜜不过80元，一桶来自新西兰的纯正奶粉不过180元，还有泰国的面膜，尼泊尔、印度手工制作的15元左右的各种手工香皂都是我的最爱。在拉萨，唯有来自樟木或亚东的这些边贸商品，让我感觉西藏距离世界并不遥远，也只有通过这些边贸商品店，我们拉萨人才能享用到各种物美价廉的日用品，感受到世界其他国度劳动人民的美好和他们传递来的亲切气息。

又有几辆尼泊尔过来的大货车摇摇晃晃开过桥了，我和旦那一眼不眨地看着，记得印度电影《大篷车》里有如此满车涂鸦、载歌载舞的人们，无论他们的生活是否贫穷，但他们缤纷多彩

再凡日喀则

的服饰和歌喉、一刻不停的笑容和舞蹈可以证明，他们的心灵和精神似乎早已抵达天界……

　　我和旦那被他们的欢乐感染，不知不觉也咧开嘴笑着。这时，很多衣着绚丽的尼泊尔妇女也到了这岸，我和旦那走在她们中间，嗅到了来自异域的檀香，从她们明亮的眼睛和深棕的肤色里，感到了火热的太阳。

　　这就是民族文化，当你和金钱发生关系，当你与利益同行，当你买卖，你还能保有单纯快乐的心性，心地纯洁地从商吗？在樟木口岸来自异国的人群和市场中，确实是这样。他们运来的都是他们国度最好的东西，他们只想以物换物，换取自己需要的东西。其实，人类最初的商业行为和目的也是这么单纯。单纯带给人们幸福和欢乐，单纯是一种品格、境界和智慧，所以在樟木边贸市场，在尼泊尔和印度边贸人群中，我和旦那东奔西跑地看那些美丽的商品，感到格外轻松和自在。

　　后来，我和旦那往回走，来到樟木境内桥这边的边贸商场里。我们惊呆了，里面杂乱不堪，再也没有了歌声，有的只是堆满在地的化纤毛毯、聚酯纤维的服装、冒牌手机、杂牌电饭锅、音响等等廉价日用品、电器。我们感觉走进了拉萨的假冒伪劣大批发市场，来自各地的小商贩全部云集在这里，可这里是边

再见日喀则

贸市场啊！他们怎么能在这里卖那些减价处理的东西……价格虽然便宜，但迟早会遭人唾弃。

我不知道这些内地小商贩是怎么来到这里的，他们怎么可以如此丑陋地占领市场。而曾经，我读过著名作家旺多啦的小说《斋苏府秘闻》，故事就是以藏地边贸为背景的，那时藏地羊毛在边贸中经由尼泊尔、印度远销多国非常受欢迎，但如今的羊毛呢？羊毛去哪里了！？

又下雨了，雨雾中，我的心情变得沉郁，我想从此，每当我走进拉萨的尼泊尔商店，购得喜爱的边贸商品时，我的心底都会为今天的所见感到羞愧；但直到 2020 年 5 月的一个晚上，我和好几年没见面的朋友桑珍啦相约在一家拉萨的西餐厅见面，面对一大堆英文饮品我不知喝什么好，然后她很熟练地给我点了一杯"莫吉托"，浅碧如春水，葱绿的薄荷叶和柠檬片含着淡淡的冰，沁人心脾，令我蓦然想起樟木那清爽滋润的滋味……

"你的英文真好。"我由衷地对她说时，又恍然感到曾在樟木口岸的那短短几天里，不同语境带来的别样喜悦。

"我的工作需要吧，经常需要去几个口岸……"

"啊？！"我痴痴地望着她，认识这么多年，从没想到她的工作就是致力于西藏边贸；接下来可想而知，她对我感性的想法给予了严厉的批评。原来，我所认为的那些劣质家电和家用百货，正是尼泊尔方下单指定订购的。名牌正品虽好，不菲的价格却难以承受，所以，所以……我心里突然更加难过，那么美好的人民，却要从别国购买我们所认为的垃圾产品……

听我如此感叹，桑珍再次非常专业和严肃地给我讲解了边贸的复杂性和现实，后来还专门送给我《西藏边境口岸发展与展望》（李青 赵京兴 著），让我学习。

这天，当我打开这本厚重的论著，当年那难忘的情景不由跃然眼前：清晨，太阳在雨滴中闪烁着温暖的五光十色，尼泊尔过来的人们身着色彩绚丽的衣裙，头顶肩扛着各式货物从边境的友谊桥上缓缓而来，而在中尼友谊桥樟木口岸的这一侧，几十间简易店铺里已经人来人往，中、尼商人操着不太熟练的英语和尼语，相互按着计算器讨价还价。初具规模的中尼友谊桥头的"边贸自由市场"吸引了来自中尼两国各地的商人和游客。樟木镇山高交通不便，中尼友谊桥头的"自由贸易市场"地理位置显得尤其特殊。出了樟木海关，距离中尼界河上的友谊桥还有 8.7 公里属于中国境内。因此，樟木口岸有着中国口岸独一无二的例外：出关不出国，入境不入关。这个特殊的地方有个村庄，名叫"德斯岗"，居住在那里的全是夏尔巴人。根据中尼两国政府达成的协议，双方边民可以在边境30公里以内自由出入。从樟木海关到中尼友谊桥头这段地方，尼泊尔边民出入可以不用办任何手续。而樟木口岸中国境内桥头市场的商品多是一些内地货，如腈纶毛毯、杂牌音响、电筒、电视机、非品牌的家用电器和电饭锅等等，价格类似于减价处理的标准并且免税，很多尼泊尔边民在购买，看上去很喜欢。据樟木镇办事处负责人介绍，桥头市场得到了中尼双方商人的认可，交易高峰期间每天有五六百尼泊尔边民到桥头市场购物。桥头市场开始时只设有一些露天摊位，如今，当地的夏尔巴人看准时机，在这里盖房屋，用来出租给前来做生意的商人……

那次虽然没在边贸市场看到西藏的羊毛，但在桑珍送的《西藏边境口岸发展与展望》的书里终于补上了这一课："樟木口岸位于樟木沟中，与尼泊尔科达里口岸相对，为聂拉木县所管辖。除北面外，其余三面皆直接面对尼泊尔，距拉萨736公里，距加德满都不到130公里。地理位置的优越性，使之成为中尼之间进行边境贸易的主要通道。中尼建交之后的第二年，《中华人民共和国和尼泊尔王国保持友好关系以及关于中国西藏地方和尼泊尔之间的通商和交通协议》的签订，重启中尼边贸的同时，也为樟木口岸的发展奠定了基础。1962年樟木口岸正式对外开放，在经历了初始阶段的缓慢发展之后，中尼公路的开通使得樟木口岸边境贸易走上常态化发展道路……2005年至2014年间，樟木口岸进出口贸易总额由89083.8万元增至1095695万元，增速达到1230%，连续10年居于西藏进出口总额的第一位……樟木口岸边境贸易主要以出口羊毛、茶叶、盐等科技含量低、附加值低的初级产品为主，高端新兴电子产品仅占很少一部分……"

　　"羊毛、茶叶、盐……"我感到释然，虽然没能亲眼看到，但它们载着这片土地厚重而优质的信息，早已抵达异国他乡，带给那里的人们以美好和藏地的祝福，这即是我心中的樟木及其边贸的意义。

酒神的领地

1

在樟木镇小住了差不多 5 天，我和旦那的皮肤变得白白润润的，因为每天胃口极好，似乎还长胖了。但我们还有去另一个绿洲——亚东的计划，所以这天一早，我们搭乘客车离开了。客车在山路上摇摇晃晃开得很慢，但没有遇到坍方没有遇到泥石流，一路上很顺利。

到达定日后，客车不再走了，我和旦那去到一家人很多的餐馆吃饭，然后我背着包，一桌一桌见到藏族同胞就问："先生，我和儿子可以搭车去日喀则吗？"旦那这时也成了搭车高手，他很配合地笑着补充说："我们没行李。"

问了几桌都是去拉萨的车，最后拐角上的女士答应我们了，他们只有司机和她两位。我忙向她道谢："谢谢先生！感谢啦！"

"不客气，现在可以出发吗？"她笑道。在西藏无论男女，都可以一概尊称为先生、老师，最好避免称呼什么"阿佳啦"（大姐、阿姨之意），大叔，大哥或者其他以年龄判断得来的称谓，有时别人会认为你是在"年龄歧视"，不如全部尊称为先

生。当然，对年纪很大的老人，他们会很高兴别人称呼他们阿妈啦、爸啦。对很小的孩子或少女少年，可以统称为姑娘（普姆）、小伙子（普）等。

西藏的路况坐越野车十分舒服，不那么颠簸，所以上车后和那位在拉萨工作的女先生没聊几句，我就睡着了，迷迷糊糊中，我听到先生很是吃惊地在问旦那："你妈妈就这样带着你到处搭车吗？你们就这样还要去很多地方玩吗？太危险了！"

夕阳的金光在我的眼皮上闪烁，我眯着眼朝车窗外看，只见晚霞在金色的山脉上飞腾，寂寥的旷野波澜起伏，金光闪耀；没有广袤的森林，山上没有植被，因为这里地处喜马拉雅山系中段与冈底斯—念青唐古拉山中段之间，平均海拔 4000 米以上……所以，回想樟木的葱郁和生机，我不禁由衷地在心底感叹："这里是神的领地啊，不是我们人的鱼米之乡。"

而日喀则竟有着"土地肥美的庄园""西藏的粮仓"的美称。据说日喀则地区拥有广袤的谷底，这些谷地坡度平缓，土层深厚，气候宜人，水源充足，耕地面积达 8.55 万公顷，农业是第一产业，以青稞为主的粮食作物种植面积达 7 万多公顷。是啊，这样空气稀薄的高海拔地区，也只有青稞能够丰收，也只有日喀则人能相伴酒神……日喀则是酒的故乡，家家户户都能以盛产的青稞酿造出美酒。而酒酿美食中，日喀则的青稞酒酿糌粑条最特别了，嚼在嘴里奶酪一般酥脆，多吃一些，就会感受到酒神附体的亢奋。记得有这样一个段子：某天某人被警察拦下查酒驾时，从他的呼吸中测出了酒精因子，这人立刻装出一副委屈的样子用地道的日喀则方言恳求警察："我是日喀则人吧，我刚吃了青稞酒酿的糌粑条吧，那是我们那里通常要吃的小食吧，交通法规定严禁酒后驾车吧，但没有规定我们日喀则人吃了青稞酒酿糌粑条就不准开车吧，这不该算是酒驾吧，我们日喀则人吧，怎么能不吃青稞酒酿糌粑条吧，那我们吃什么吧……"据说这个司机还没表演完，警察就无奈地笑着放他走了，临走前，他还真的拿出一小袋青稞酒酿糌粑条要送给警察……

有时我想，平均海拔4000米的高度本来就令人有些云里雾里，盛产的青稞酿成美酒，自然更令人陶醉，所以80年代初，我曾在日喀则参加一位朋友的婚礼，那酒香飘逸的场面真是令人眩晕啊！

确切地说，那次我是应央视驻西藏记者站的几位朋友邀请，一起去拍摄一个日喀则的婚礼，新郎是摄影组一位小伙子的弟弟，我做这次节目的主持人。那次拍摄，连续几天都在新郎新娘的婚宴上。

那时的日喀则还是一个小县城，保留着古老的青石铺成的小街巷，民房连着民房，家家户户都有一所种满果树的院子；最热闹的是县中心的自由市场，那里的农牧民席地而坐，在手工编织的各种样式的草筐里，买卖自家手工做的白色的酒曲饼、上好的奶酪、炒蚕豆、山上采的野葱野茴香、甜甜的圆根干还有煮土豆、藏鸡蛋和一种豌豆磨制成的"阿妈的豌豆果冻"，藏语发音为"pengpi"。据说豌豆果冻的做法是先将豌豆放入水中泡上一段时间，完全泡圩后连皮一同用石磨磨成粉，然后将磨成粉后的残渣加入适量的清水，再磨成浓汁状，倒入器皿，沉淀一段时间，让浓汁与水自然分离出来，之后将分离的水倒掉，又将器皿放在火上熬煮，再放入些盐和咖喱粉，使其颜色呈微黄，制作即将完成时，再加入葱和炸油，倒入碗中冷却，成微黄色的凝结状。卖这种豌豆果冻糕的大叔还会一边卖一边十分慈祥地吆喝："来啊，来尝阿妈啦的豌豆糕，这是阿妈啦的豌豆糕，阿妈啦的味道……"那声调如吟如唱，特别吸引人，女孩子们都围着大叔在买豆糕，我也挤进去买了一块，青黄色很像凉粉块，大叔帮我抹上了一层拌有野葱和野生孜然粉的辣椒末，嗯，吃在嘴里除了辣爽、滑润，还真的让我回想起诸如带着弟弟跑去地里偷摘豌豆，然后被妈妈打屁股的童年趣事……记得当时还看到许多农牧民在卖风干了的整羊，后来在婚礼上真的见识了羊的盛宴：参加婚礼的朋友几乎人手扛着一只风干了的整羊，婚礼第一天下来，新郎新娘的小仓库就堆满了整整一房子风干的整羊，摄制组一面拍那一屋子的风干羊，一面啧啧叹息："这一两年都只能吃羊了不成？"

"哪里呀，所有的婚宴、庆典又可以送出去的！"

那么，我们的片子叫"送羊"还是俗得叫"日喀则婚礼"，大家争论不休。因为汉语的"羊"和藏语的"yang"（类似于吉祥、福缘等）谐音，有人认为用这个片名能一语双关。但藏语的婚礼之意其实是非常直白的，直接就说是"喝酒的地方"。所以，当我们刚要开拍，当我刚换好藏袍，拿起话筒做出主持人的架势准备开场白时，新郎的父母端着银子镶嵌、以树结手工旋制的大酒碗直接闯进了镜头，他首先格外慈爱地对我说："姑娘，从拉萨来到日喀则换了水土，所以先要喝一碗酒，要不然会闹肚子的……"那是一只卫藏地区特有的酒碗，应该是祖传的吧？因为银子包裹，黄金雕嵌外露的木碗上全是一颗颗生动的小猴子脸的木纹，那是阿里地区一种树的树结旋出来的十分名贵的木碗，藏语叫"zexing"。酒碗的直径差不多有10厘米，里面碧青中泛着蜜黄的青稞琼浆上还漂浮着几颗青稞麦粒，这一杯喝下去，不醉也会撑满胃的，我吓得连连摆手，但肚子里的确一早就在"咕咕"地肠鸣，为了更好地工作，我犹豫了一下，抵挡不住爸啦的热情，按照习俗三口一杯干了下去。这时，更多的人端着美酒过来了，几位摄影的小伙子被包围其中，在人们的酒歌大联唱中，不得突围。

2

已记不清当时这部纪录片是怎么完成的了，因为婚礼的七天当中，我们几个人每天都被人们倍加关注，人们认为我们远道拉萨来拍摄婚礼十分辛苦且非常有意义，所以敬完新郎新娘，就要给我们敬酒，而新郎新娘开始敬酒时，又要从我们这些远道的客人开始……那几天我们都进入了酒神的境态，在婚宴上，在阿妈啦、爸啦和大叔大婶们永远也唱不完的酒歌中，感觉自己一直飘然于珠穆朗玛峰的红霞中，与那些古老的仙女邂逅了；而新郎新娘也如此，洋琴、笛子、京胡、六弦琴（又名马头琴）、串铃等组成的民乐队，一直没有间断地不紧不慢地弹奏着藏族传统音乐曲目，整个婚礼处在一种典雅、悠然的气氛中。新郎新娘身着华丽、隆重的婚礼服，挨着乐队端坐在卡垫上。双方父母老人也全部盛装在新郎新娘两边一排坐齐。新娘没戴日喀则妇女的头饰，戴着拉萨地区的皮帽子。也许因为日喀则妇女的头饰过于沉重吧，但的确非常特别：用竹竿弯曲成弓形，左右两端围系朱红丝绸，用两边发辫拴接戴在头上。两端伸出环柄，环套双耳，外加珍珠袋子，其上两颗珊瑚间要镶嵌一颗松耳石，环柄周围布满连缀的珍珠，后面有双缨飘带，用朱红色毛呢做的。飘带前面左右边沿饰以松耳石，后面的挂带上镶饰松耳石和珊瑚，间镶四块黄金边围，左右横带上密集地连缀珍珠，间镶三块饰有松耳石的黄金网格。头戴"巴果"的同时，胸前还要加配叫"蝎子腰链"的装饰串链，蝎子由纯银打制，链子为黄铜，后背加配叫"钱袋与针线包"的装饰物，有锦缎制成，钱袋周边用银子箍住，下垂丝织红缨。佩戴的环柄多由镀金黄铜制成……从头到脚一身的金银珠宝价值连城，让我感慨藏族祖先对审美的追求如此物质化，而远离爱的主题。难怪藏地的一座座寺院，也被贴金镶银修建成了金银珠宝的展馆……好在我们采访的新娘新郎虽遵从传统，但并没有把自己变成"珠宝店"，他们坐在众人之上，暗中眉目传情，新娘尤其活泼和笑容可掬。他们穿着普通的咖啡色氆氇尼藏袍，新娘里配白色绸缎衬衫，红绿黄三色氆氇围裙，短皮靴；新郎里配蓝色绸缎衬衫，短皮靴，头戴有帽檐的金花水獭皮帽。新娘头戴四角金花水獭皮帽（这或许是父辈保留下来的仅在婚礼仪式中佩戴的唯一不符合当代环保观念的服饰）。新郎的配饰只有右手无名指上的五圈黄金环戒，新娘戴着小巧的黄金镶嵌的红珊瑚耳饰和红珊瑚婚戒，胸前戴了一个不大的"噶乌"，项链挂带由珍珠串成，边镶黄金网格，中央镶饰有松石的金质圆盘上是八角星形状的坠饰，左手腕上的装饰比较醒目，是一个白螺大镯子。据说过去妇女戴这种白螺大镯子，为的是挤奶时，把四溅的牛奶顺着手镯滴入挤奶桶里，不至于渗入内衣……婚礼每天从早上 10 点半左右开始到下午 5 点半晚宴前，陆续到来的人们排着长队，向他们一大家子一一敬献哈达，最后他们的全身被洁白的哈达覆盖，只有脸露在外面，在民乐的回荡中像是一条涟漪的白色的河……

　　婚礼第一天的迎亲是最有趣的，所有繁琐的仪式都在歌唱中完成，习俗和卫藏拉萨差不多：男方一位长辈带上一队人马和彩箭，彩箭上有明镜、璁玉、珠饰等，并牵上一匹颜色与女方属相吻合且是怀孕的、打扮考究的母马以供新娘乘骑，引人注目地穿过日喀则镇的街巷，来到女方家。进到女方院子里后，迎亲的众人就要开唱了：

翁苏迪愿得吉祥

吉祥如意祝圆满

看天上吉星高照

看地上红日温暖

看空中出现良辰

诸位神龙共聚议

两位父母也商定

龙女携宝和嫁妆

要来我家做主妇

右有百男去迎亲

左有百女去迎亲

天空出现彩虹帐

大地怒放红莲花

贤吉喜庆结良缘

梵天帝释为主神

迎驾善业众神仙

恭请接收白哈达

格格嗪嗪神得胜

彩箭名叫五具有

本人誉为三圆满

为啥叫我三圆满

所有财富一圆满

前有老少二圆满

满腹经文三圆满

圆满之人持彩箭

彩箭无秽具五有

南谷生长的竹子

南子三兄将它砍

汉地花绳将它捆

褐色犏牛将它运

经过山川和险道

这才运到雪域来

通过造箭人加工

制成五具花彩箭

箭上具有铁箭头
象征杀敌不遗漏
象征拥有三怙主
箭头具有五彩结
象征权势比天高

箭舌裹上白羊毛
象征男神权势高
雄鹰箭翎上朝天
象征度人的三宝

彩箭挂有五彩绸
象征除邪招福来
彩箭装饰小海螺
象征儿孙多财富

彩箭装饰毛石眼

还有白色银胸镜

象征关照四大洲

这等宝石的彩箭

挂在右边男丁兴

插在左边女辈旺

插在背后佛法兴

插在前面儿孙王

插在中间权势高

权高犹如天神子

今日良辰吉祥天

彩箭插给新娘子

从今往后莫借口

或说高官夺了去

新娘前世命注定

门当户对结良缘

绸缎宝饰等嫁妆

赠给姑娘永为伴

今日良辰之日起

将你除名某某地

将你列名某某人

彩箭松石迎新娘

新娘名叫索朗玉珍

新郎名叫扎西旺堆

祝你们万事如意

所想所求能顺成

格格嗦嗦神得胜

呼神祈祷祝胜利!

　　唱完,新郎上前把彩箭插在新娘背上,接着又将璁玉放在新娘头顶,表示新娘已属于自己。

　　接下来迎亲的众人又要合唱,曲调非常好听,但歌词满是男权和神颂,少有涉及新郎新娘的爱情故事和婚姻的责任与誓言。新娘玉珍是一位受过现代教育的女子,但她很喜欢传统的婚礼仪式，尊重父辈的习俗，乖乖坐在卡垫上耐心听着一首又一首歌，笑嘻嘻地东张西望，不时看我们摄像组。她的父母则一脸庄重，唱到要接新娘出门了时，玉珍好像坐累了一般笑着一下子站起来，她的妈妈却掉泪了，玉珍见状不由小声笑道："哎呀，阿妈啦，别哭嘛，旺堆家离咱家就几步远，又不是我真的不回来了……"

新娘玉珍说着提起厚重的裙裾随新郎出门，回头笑望还在哭得稀里哗啦的母亲，摇摇手轻声说了句"拜拜"就被众人扶上了马。

马队起程，领队的人据说是属相最好的（一般都请星相师），他穿着白袍，骑着白马，手中拿着九宫八卦图，接着便是迎亲代表，然后是娘家随侍新娘出嫁的随从。一路上，男方家人侍候在路旁，向马队敬了三次酒。其间，随行人员高唱"谐青"（大歌），新郎新娘在隆重的歌声中好像感觉自己进入了一段演出，边行边相视而笑。而本来这一段该新娘流泪的戏，玉珍却一直笑着到了新郎家。新郎家的大门这时用崭新的香布、哈达装扮一新，备好了新娘下马的垫子。垫子是装着青稞、麦子的口袋，家门口的地面上用白面粉铺撒着"卍"字吉祥福，男方家人手捧象征五谷丰登的"切玛"和青稞酒在门口迎候，又唱道：

吉祥如意事圆满

今日天上吉星照

地上太阳暖融融

中间郎晨天和人

父系犹如大雪山

旁系犹如小雪山

是否垒有百斗麦

作为新娘下马台

母系犹如大碧湖

旁系小河不在数

是否有百斗青稞

作为新娘下马台

新郎犹如神柏树

不算其他各类树

能否垒上白斗盐

作为新娘下马台

莲花般的四角桌

铺上南谷运来的
虎皮豹皮做垫子
上面麦子绘卍字

新娘下马落其上
右边白色神石上
梵天帝释为神主
祭祀山野诸天神
左边黑色这鬼石
夏季滚到牛奶中
冬季滚到酸奶里
平时滚到佳肴中
使人心情不舒畅

鬼是破坏放牧草
破坏沟内和沟外
你这邪恶鬼石头
别在此地滚出去

狮子般的妙龄女

若要攀登雪山顶

虎豹为你做侍卫

方形金门左右边

诸位青年男女们

请按习俗接新娘

打开东边吉祥门

……

进门仪式十分繁琐，从下马、进门、上楼到入厅，新娘都得喝一次青稞酒，听大家唱一段颂歌，献一条哈达。我在远处望着披挂几十条哈达的新娘，看见她经过这一番仪式，双颊变得通红，心想举办这种传统婚礼身体不结实，没一定的酒量还真是招架不住啊，而这些仪式里的歌曲简直可以改编成一场辉煌的歌剧，曲调独特，唱腔优美，只是很多歌词显得陈腐，很多观念已和当今格格不入。婚礼期间，每天下午的婚宴却与时俱进，都是自助餐，没有那种大摆酒席的陋习，无论在西藏乡村还是城市，无论大的喜宴或小的庆典，从80年代始，藏地民间似乎一夜之间不约而同迅速地接受了自助餐，因此所有的庆祝活动都不以吃为主题和亮点。在人们十分检点地各自安静地享用完自助餐后，婚礼最热烈的时刻就到来了：前来祝贺的人们似乎转身全部变成了酒神，一位位手捧金樽银杯，开始轮番在酒歌大联唱中向新郎新娘和他们的父辈敬献青稞酒：

索朗羊卓啦

美丽无比的新房

建在湖面之上

湖水只会上涨

总也不会退落

美丽无比的新房

堆满雪白的青稞

年年享用美酒

不愁没有酒粮

……

饮酒时需要歌声

没有歌就像老牛喝水

列坐时需要歌声

没有歌就像一排哑子

独行时更要唱歌

没有歌就像流浪的野马

……

第一道青稞美酒

盛在白银碗中

敬给我们的长老

酒中龙凤飞舞

今年家中吉祥

老人已经醉了

宝座闪现光芒

……

唉玛嗡颂新郎

新郎您如天界之子

百汉之精英

千万精英之命柱

从方盛国应邀的

无垢洁白之丝绸

外表有八吉祥徽

内画躺卧之青龙

若举此绸向天空

空中呈现彩虹之兆

若献此绸向大地

大地布满财宝

若挥此绸于殿中

宫殿圣光闪现

今要将此绸献于新郎您！

唉玛嗡颂新娘

宽敞明亮之家的主妇

您美丽动人如仙女

百挑千选的美女

对父母孝敬

对丈夫敬爱

祈愿您早生贵子

吉祥的哈达献于您！

酒歌如潮，新郎新娘的爷爷奶奶、爸爸妈妈和长辈全部被簇拥在人群中；终于，新郎新娘摇摇晃晃起身，端起金樽，带领一支祝酒的歌队开始反攻了，不放过每一位来宾，逐个敬酒献歌：

仰望高耸的山顶

白雪皑皑云雾密，

嗦呀啦

健壮的牦牛悠然

远观葱茏的山腰

松波阵阵花草鲜，

嗦呀啦

洁白的羊群结伴行

俯瞰平坦的山脚

河水潺潺波浪翻

嗦呀啦

牢固的筏子迎风过

柳树成荫的日喀则

生我养我的地方

嗦呀啦

朝饮暮尽皆美酒

香醇的青稞美酒

敬给尊贵的客人

嗦呀啦

祝您吉祥如意

……

当我唱第一遍歌

当我呼唤你的名字

请揭开酒碗的盖子

当我唱第二遍歌

为你端起金樽美酒

当我唱第三遍歌

请把美酒捧过膝

当我唱第四遍歌

让我们先敬"三宝"

当我唱第五遍歌

请你喝下第一口

当我唱第六遍歌

请你喝下半碗酒

当我唱第七遍歌

请你干尽杯中酒

……

波澜起伏的酒歌在新郎新娘身边澎湃，人们纷纷起身舞蹈，

我似乎看到，酒神已然降临，在那五光十色的时刻，引领爱侣，

把金樽和满满的祝福，送给了他们……

温泉与蛇

1

离开沉重的历史，我们的大客车摇摇晃晃开始朝下坡走了，两边山上又渐渐葱绿起来，我感觉之前狭堵的胸腔里又开始充满人间的氧气，原来，据相关资料记载，在西藏日喀则境内，喜马拉雅山脉被"砍"了四个缺口，这些缺口最终形成了日喀则的"四大名沟"：吉隆沟、樟木沟、嘎玛沟和亚东沟。这四条沟全都发源于雪山，海拔从5000多米骤然下降到3000米以下，河水在低处流至尼泊尔或印度……其中亚东，藏语叫"卓木"，意为"旋谷或急流的深谷"，相传约在500年前，得道高僧瑞巴尕布活佛为了传承与弘扬佛法，从佛法地域一路西行，穿越高山、峡谷、急流，仙游来到很高的山上，将顶戴礼帽投掷于空中，同时口中念念有词："愿你自由飞翔，落在一个美丽的地方。"继续前行时，瑞巴尕布活佛在上亚东吉隆彩寻见其投掷的帽子，遥望南山浓雾笼罩下无垠的桦树林尽收眼底，随之感叹：卓木所在地啊！卓木得名便由此而来……亚东县辖区有两镇五乡，即帕里镇、下司马镇、下亚东乡、上亚东乡、推纳乡、吉汝乡、康布乡。全县呈北宽南窄、北高南低的阶梯地貌，南北落差 2000 米，气候植被垂直变化明显，东与不丹接壤，南与印度交界，平均海拔 2800 米，著名的康布温泉就在亚东县内。那年，我和旦那没在县城停留，经过一段颠簸的山路，翻过一个山口，直接随客车去了康布温泉所在的康布村。

那是被满坡森林簇拥的一个狭窄的山沟。

据说温泉区域面积约 5 万平方米。在山沟东侧山坡上，分布有 14 个泉眼，已开发利用的有 12 个，各个泉眼疗效不同，可治疗眼病、骨折、关节炎、皮肤病、妇科病、心脏病、胃病等，相传去康布温泉的最佳季节为春夏两季，藏历七月时疗效更佳。我和旦那差不多是 5 月底到达的，也算是高原开春不久的好季节，当然我们没什么病，只是想到高原上低海拔地区的天然温泉里好好放松一下，以解日喀则自由行的疲乏。

我们到达的时候已经是下午 5 点了，太阳开始偏西，整个村庄弥漫着与葱郁、美丽的大山不大相符的一种伤痛的气氛。我和旦那背着简单的行囊，默默地在小村当时唯一一条柏油马路上走着，一面看街两边满是行走不便或者需要搀扶的人，心里不由有些紧张。走到一个桥头，我们找到了一个小餐馆，围着温暖的生铁火炉，我们吃到了两碗热气腾腾的牛肉水饺，之后我们四处寻找酒店，但都住满了，只在一所偏僻简陋的招待所里找到了一间空房。但是房间很脏，我又带着旦那去买拖把和扫把。

打扫完时，天已经黑了，该是去泡温泉的时间了。相传很久以前，有一只翅膀折伤的老鹰掉到了这片温泉水中，它在水中扑腾了几天后，翅膀上的折伤竟奇迹般地愈合了，老鹰展翅重返蓝天后，康布温泉的神奇疗效从此名声远扬，许多架着拐杖来的患者在这里泡洗一两个星期，就能扔掉拐杖……夜晚的气候温暖而潮湿，还有蟋蟀在草丛里鸣叫，我穿了一条过膝的长睡裙，儿子穿着泳裤，我们拿着浴巾朝温泉区走去。按过去的习俗，泡温泉是不穿衣服的，但当时儿子上初一，他的观念里不可能接受赤身裸体。

温泉池一个连着一个，有的在露天，有的在室内，但每个池子里都密密麻麻挤满了人。旦那跟在我身后，不和我说话。我心里开始明白，把他带错了地方。他是一个骨骼正在发育生长的阳光少年，而康布温泉却是一个愈疗骨伤的胜地……

"快看，好多拐杖！"传说果然不虚，我惊喜地指着堆在角落的一堆废弃的拐杖对旦那说。

每个温泉池旁都有泛着青蓝的灯光，温泉里蒸腾起来的水雾，从夜里望去，好像一团团载着病魔的妖怪。

旦那走到那堆扔弃的拐杖旁看了看，不笑，也不理我，像是在生闷气。

终于，穿过一个个狭窄的通道，有一个温泉池子里只有一半的人。

"哇，水好热！"我弯腰把手伸到池子里试了一下。

"姑娘，这个温泉水是专门治疗腰椎、颈椎病的，还可以美容，快下来吧……"温泉里的一位大婶笑道。虽然如白天所见，康布村满是远道而来的"病人"，但藏族人欢乐的天性并没有因此消减。经过每个温泉池时，水里的人们都会向我们打招呼，都是满满的欢声笑语，所以我自己的心情倒是还好。

"哇喔，好舒服……"我拽起睡衣的裙裾跳到水中。因为长期写作，我的颈椎和腰椎的确不大好，但那夜，当康布温泉以它深情的水花旋绕我，"咕嘟咕嘟"从地质深处冒出来的水泡像精灵的眼睛抚慰我，我周身上下瞬间感到了一阵阵奇妙的喜悦……

"姑娘，泡康布温泉会变得面如桃花的……"见我满脸幸福，几位大姐对我笑道。"康布"在藏语里与"桃花"谐音，所以大姐们的笑语里满是善意。

"旦那，快下水里来吧！"在水里和人们说笑了一会儿，我才想起叫儿子来。

"普（大意为'小子、小伙子或男孩'），下来吧，来泡泡……"大姐大婶们和我一起向躲在暗处的旦那热情地招手。旦那却突然转身跑了。

"不要担心，这里很安全的！"见我有些着急，温泉里的人们安慰我说，"小孩子不用泡温泉，我们来一趟不容易，好好多泡泡吧，儿子走不丢的……"

也是，小小的康布村走不到哪里去，儿子最多回房睡觉去了……如此想着，我感到一阵解脱，便逐一跑去不同的温泉池，泡了温泉。

那晚真是开心啊！在温暖的池水中，在夜晚的星空下，认识了很多朋友，大家告诉我，若是家里有病人或骨折的人来泡温泉，可以提前到康布村藏医诊所咨询医生，了解哪一种温泉适合自己，一般来说，病人三周后就会完全康复，效果十分明显，温泉旁边被丢弃的拐杖、轮椅、担架都是最好的证明……

那晚在温泉玩了三个多小时，朋友们请我喝浓浓的酥油茶，吃滚烫的红糖糌粑粥，还有牛肉粥、浓骨汤……这些都是泡温泉时必需的补给。一位大姐还叫我再来泡温泉时一定穿一个厚袍子或者大衣，说泡过温泉全身毛孔都打开了，不能让冷风钻进去，要捂得严严实实睡觉，睡前用凉酥油封住太阳穴和百会穴，出一身大汗才好；每次泡温泉至少连续泡 7 天，三七二十一天最完美……

在藏地泡温泉有很多讲究，何况藏族人的民俗里，把水看得格外神圣，视作万物的生命之源，所以不可以在温泉里洗澡、洗脚和说粗话脏话，要喜悦、心怀感激和虔诚待水，其中泡温泉更是西藏民间"水文化"中极为特别的。

2

回到简陋的招待所，情况不太妙。儿子竟然没睡，气鼓鼓地等着我。

"妈妈，您就不怕我丢了吗？也不送我回招待所。"他盘坐在床上，很有审问我的架势。

"你在成都没有丢过，在这个小村子里怎么可能丢？"我笑道，"再说你那么聪明呀！"

听我这么夸他，他立刻笑了。

"你为什么跑了呀？"泡过温泉又吃了许多高热量食物，

我感到全身酥软，特别想酣睡一场，而且连日来坐车加重的腰酸真的全都好了。

"她们都没穿上衣！"旦那又急又羞，涨红了脸，说完就用被子蒙着头不理我了。我才想起来，温泉里是有很多上了年纪的老奶奶没穿上衣，按照习俗，其实我们都应该与含有大量矿物质的温泉水亲密接触的。记得80年代初，拉萨还很少有外地人来旅游，传统民俗保存得比较完整，我们去泡温泉，和现在完全不同，真是与水合二为一。

"有没有蛇……"我刚要睡着，旦那突然又从被子里探出头来问。

"太黑了，没看到啊！"我说完，曾经去日多温泉遇见温泉蛇的经历不由浮现眼前。

日多温泉位于拉萨市墨竹工卡境内，相传那是龙女墨竹色青的故乡，所以很多水里都有蛇，尤其日多温泉里，会出现西藏特有的温泉蛇。而墨竹色青，是一位龙女，西藏最有名的龙神。关于她的故事和传说非常多，也有各种不同的版本。那晚，我给旦那讲的是我喜欢的版本：

500多年前，有一天，六世达赖喇嘛从寝宫看到龙女墨竹色青正蜷缩在布达拉宫北面的左旋柳上，冷风吹得她瑟瑟发抖。

原来自从皈依三宝后，她对佛法非常虔诚，常常带上大量供养到大昭寺朝拜佛祖，转经绕寺。仓央嘉措见她远道而来，如此诚心却在拉萨无栖身之所，于是召集僧俗百姓，专为她在布达拉宫后面龙王潭中修建了龙宫作为她的行宫，且同时请来八条龙作为她的部属任她差遣。那时的龙王潭，实际上并没有多少水，墨竹色青驻锡此处之后，龙王潭的水才越来越多，越来越美。六世达赖尤其喜欢这里，据传夏季曾将这里作为寝宫邀请青年男女来此唱歌跳舞……另外相传，在她的家乡，她还是男身，而来到拉萨之后，多为女身示现，且后期的龙神不但由男转女，还成为藏地灶神、家神、帐篷神和财宝之主的化身。不过有趣的是，传说男人遇上龙女会得龙病，女人见到她却很吉利，并因此更加美丽。

"那有蛇吗？龙王潭有蛇吗？"旦那像是在梦呓。

在西藏民间，蛇被视作小龙，人们对蛇和龙之类的生物所蕴含的"禄"（精灵）都很恭敬，认为他们通常寄生在水、植物、树丛里，在这些地方，不可说脏话和扔脏东西或大小便，否则将遭到"禄"之精灵的惩罚，患上腿脚病，难以行走……

旦那睡着了，窗外漫天星斗，亚东小镇温泉的奔流声像大自然母亲的摇篮曲，在我们日喀则之行的最后一个夜晚，轻拥我们母子，在梦中回到水波闪鳞、满树蛇影的宗角禄康……